24 lustige Geschichten
für die Vorweihnachtszeit

*Ein besonderer Dank gilt
meinen Kindern und meiner Mutter,
die mir bei der Umsetzung des Buches geholfen
haben.*

© 2023 Resemie Kertels
Herstellung und Verlag: BoD – Books on
Demand, Norderstedt
ISBN: 9783756858712

Was ist die Freude in der Vorweihnachtszeit

„Mutter!" Aufgeregt kam Lissi in die Küche gelaufen. In der Hand hielt sie Stift und Heft. „Mutter, du musst mir helfen."

„Was ist denn los mein Kind?" Die Mutter schaute sie fragend an.

„Du bist doch immer so schlau", schmeichelte Lissi. „Du kannst mir bestimmt bei meinem Aufsatz helfen. Ich komme nicht weiter."

„Dann zeig mal her", meinte die Mutter, „was hast du denn schon geschrieben?"

Lissi holte tief Luft und sagte leicht beschämt: „Die Überschrift."

„Das ist ja nicht besonders viel", entgegnete die Mutter.

„Ich kann mit dem Thema nichts anfangen", bekannte Lissi. „Deshalb sollst du mir ja helfen."

„Gut", erwiderte die Mutter. „Wie lautet denn das Thema?"

Lissi räusperte sich und las laut vor: „Was ist die Freude in der Vorweihnachtszeit?"

Die Mutter rollte mit den Augen. Sie wusste auch nicht so recht, was sie dazu sagen sollte. Zudem war sie mit dem Mittagessen beschäftigt und hatte eigentlich keine Zeit.

„Vor Weihnachten", erklärte sie, „habe ich besonders viel zu tun. Ich muss Plätzchen backen, das Haus von oben bis in den Keller putzen. Zudem noch kochen, Geschenke einkaufen, und, und, und."

„Aber Mama, was ist denn nun daran die Vorfreude auf Weihnachten?", hakte Lissi nach.

„Für mich ist Weihnachten nur viel Arbeit. Da musst du dir einen anderen suchen, der dir die Frage beantworten kann." Sie wandte sich wieder ihren Kochtöpfen zu.

Lissi seufzte und rannte in den Flur. Da kam ihr der Vater entgegen.

Der kommt wie gerufen, dachte Lissi und stellte ihm die gleiche Frage.

Der Vater lachte. „In der Zeit vor Weihnachten, da werden immer viele Feiern gemacht. Der Musikverein, der Kegelverein, der Chor, die Feuerwehr, jeder veranstaltet seine Weihnachtsfeier."

„Papa, ist das die Freude in der Vorweihnachtszeit?", fragte Lissi.

„Das ist eben so Brauch", erwiderte der Vater. Dann ging er ins Wohnzimmer und schaltete den Fernseher ein.

Mamas und Papas Antworten bringen mir überhaupt nichts. Vielleicht sollte ich jüngere Leute fragen?, schoss es Lissi durch den Kopf. Schnell suchte sie ihre Schwester.

„Boah", meinte diese, als sie die Frage hörte. „Die Zeit vor Weihnachten ist für mich nur Stress. Die kannst du abhaken. Da esse ich immer zu viele Plätzchen. Denn überall, wohin man auch kommt, werden einem welche angeboten. Die sind meist so lecker, da kann ich nicht widerstehen."

„Und", meinte Lissi, „was ist nun das Schöne daran?"

„Keine Ahnung. Ich bin nur froh, wenn ich bis Fastnacht die Kilos wieder runter habe", erklärte ihre Schwester.

„Das kann ich doch nicht schreiben!", entrüstete sich Lissi.

„Mach, was du willst", entgegnete die Schwester. „Aber lass mich in Ruhe mit deinem Kram!"

Lissi schlug murrend ihr Heft zu und verließ das Zimmer. Da lief ihr der kleine Bruder über den Weg.

„Natürlich den Wunschzettel schreiben", erklärte er, nachdem Lissi ihm ihr Aufsatzthema vorgelesen hatte.

„Ich will Legosteine haben und eine Eisenbahn. Und ein Fahrrad, so eins wie das von Klaus. Damit kann man gut rasen. Zudem noch einen Roller. Aber den kann später auch noch der Osterhase bringen."

Lissi schüttelte den Kopf und wollte schon gehen.

Da hielt der Bruder sie zurück. „Warte, Lissi, ich weiß noch mehr."

„Du musst mir nicht alles erzählen, schreib das lieber dem Christkind!", winkte sie ab. Enttäuscht ging sie zurück in ihr Zimmer.

Was sollte sie nur schreiben?

Vielleicht, dachte sie betrübt, gibt es ja gar keine Freude in der Vorweihnachtszeit. Besteht die denn nur aus Arbeit, kaufen, essen und Festen? Da kann man die Zeit wohl wirklich vergessen!

Lissi starrte auf ihr Heft und ließ den Stift durch ihre Finger gleiten.

„Was hängst du denn so über deinem Heft? Bedrückt dich etwas?" Lissis Oma stand in der Tür.

„Hallo Oma, ich habe dich gar nicht kommen gehört", meinte Lissi etwas erschrocken. „Die Lehrerin hat uns einen Aufsatz für morgen aufgegeben. Ich weiß nicht, was ich schreiben soll. Ich habe Mama und Papa schon gefragt und auch Sibille und Jakob. Aber keiner konnte mir helfen."

„Um was geht es denn?" Die Oma kam ins Zimmer hinein und setzte sich neben Lissi auf einen Stuhl.

„Was ist die Freude in der Vorweihnachtszeit?", sagte Lissi.

„Also du meinst wohl die Adventszeit." Die Oma strahlte über das ganze Gesicht und fing an zu schwärmen. „Das ist der Geruch von Tannen und Plätzchen. Der Schein von brennenden Kerzen. Das ist Singen und Beten und jeden Tag ein Kalendertürchen zu öffnen. Das ist beisammen zu sein, sich auf Weihnachten freuen, feiern und lachen. Mal was für andere tun, denen es im Leben nicht so gut geht. Das ist jede Woche eine Kerze auf dem Adventskranz anzuzünden. Sterne basteln und Lichterketten aufhängen. Den Heiligen Abend kaum noch erwarten zu können.

Das alles und noch viel mehr ist die Freude in der Vorweihnachtszeit."

In diesem Sinne wünsche ich Ihnen eine schöne Adventszeit und viel Spaß beim Lesen meiner kleinen Geschichten.

Der Gärtrichter

Im Herbst wurde in den Dörfern Viez gemacht. Das war für die Kinder immer besonders schön. Denn sie durften von dem frischen, süßen Viez kosten.

„Walter, Vater hat Viez gemacht. Willst du heute nach der Schule nicht vorbeikommen, um ihn zu probieren?", fragte Erich seinen Cousin. Sie waren gerade auf dem Weg zum Unterricht.

„Ja, gerne", freute sich Walter.

So trafen sich die beiden dann nach dem Mittagessen in der Scheune, wo Erich bereits auf seinen Freund wartete. Er hatte schon einen Krug gefüllt und nun ließen sich die beiden den leckeren, süßen Viez schmecken.

„Und was machen wir jetzt?", fragte Walter, nachdem sie den Krug gelehrt hatten.

„Ich kann noch etwas abzapfen." Erich sprang sogleich auf.

„Nein, ich meinte, was wir spielen sollen. Ich habe jetzt keinen Durst mehr", hielt Walter ihn zurück.

„Hm", Erich überlegte. „Soll ich meine Murmeln holen?"

„Nee, dazu habe ich keine Lust", entgegnete Walter. „Wir könnten aber Pferdchen und Reitersmann spielen."

Bevor Erich noch antworten konnte, hatte er sich schon das Seil geholt, das oben an einem Balken hing.

„Jetzt fehlt nur noch eine Mütze." Er schaute sich um und begann plötzlich zu strahlen. „Da ist ja schon eine. Aber ich bin dieses Mal kein einfacher Reiter, ich bin ein Soldat."

Er lief zu einem Fass und zog dort ein sonderbares Teil heraus.

„Nicht, Walter", versuchte Erich ihn aufzuhalten. Das ist doch der Gärtrichter."

„Wir leihen ihn uns nur kurz aus. Nachher stecken wir ihn wieder auf das Fass zurück." Walter versuchte, den Trichter auf seinen Kopf zu setzen. Doch er rutschte immer wieder herunter.

„Lass uns lieber etwas anderes spielen", schlug Erich vor. Ihm war ganz mulmig zumute. Wenn der Trichter nun herunterfiel und zerbrach, was gäbe das für ein Donnerwetter.

„Du Angsthase, dem Trichter passiert schon nichts, ich werde ihn festbinden." Walter hatte ein kleines, dünnes Seil entdeckt. „Komm, hilf mir mal."

Sie banden das Seil um den engen Rand des Trichters und dann um Walters Kopf.

„Siehst du, es hält", triumphierte Walter. Nun komm, du bist mein Pferd!"

Erich legte sich das dickere Seil um den Bauch und Walter ergriff die beiden Enden, die als Zügel dienten. Dann ging es in wilder Jagd durch die Scheune. Diese war nicht besonders groß, so liefen die beiden immer im Kreis herum.

„Hühott!", kommandierte Walter, der keine Lust mehr hatte, in der engen Scheune zu bleiben. „Lauf

auf die Straße, kleines Pferdchen!" Er zog an den Zügeln.

Das Pferchen machte einen Satz und lief zum Scheunentor.

Das Tor war sehr niedrig und da Walter ja seinen Helm aufhatte, kam es, wie es kommen musste. Er prallte mit ihm an die Oberkannte des Tores. Der Helm rutschte nach hinten und fiel herunter.

Patsch, machte es und er lag, zerbrochen in drei Teile, auf dem Scheunenboden.

Die beiden Jungen blieben erschrocken stehen. Was hatten sie da nur angerichtet!

„Ich habe es dir doch gesagt!", meinte Erich mit weinerlicher Stimme. „Wir sollten etwas anderes spielen." Er wusste wohl schon, was ihm blühte, wenn sein Vater davon erfuhr.

„Nun mach dir mal nicht ins Hemd. „Walter hob die Scherben rasch auf. „Die kleben wir einfach wieder zusammen. Das merkt keiner."

„Und womit?", wollte Erich wissen.

„Hm…" Walter überlegte. „Mit Honig!", meinte er dann freudestrahlend. „Der klebt doch immer so schön an den Fingern. Er wird auch den Trichter zusammenhalten."

„Honig? Das soll halten?", wunderte sich Erich.

„Auf jeden Fall!", behauptete Walter. „Habt ihr welchen? Sonst muss ich zu uns nach Hause."

„Nein, das dauert zu lange. Wir haben Honig. Ich hole ihn. Aber verstecke in der Zwischenzeit den

Trichter. Nicht, dass Vater hereinkommt und ihn sieht."

Es dauerte eine ganze Weile, bis Erich wieder zurückkam. Anstatt eines Honigtopfes, hatte er zwei Butterbrote in der Hand.

„Mutter war da", erklärte er, „deshalb konnte ich nicht einfach den Honigtopf mittnehmen. So gab ich vor, dass wir Hunger hätten und Honigbrote essen wollten. Glaubst du, es geht auch damit?"

„Das werden wir ja dann sehen", meinte Walter.

Die beiden kratzen den Honig vom Brot herunter und beschmierten damit die zerbrochenen Teile. Und man sollte es nicht glauben. Der Honig klebte wirklich. Wenn auch nicht so richtig fest.

„So", sagte Walter nach getaner Arbeit. „Jetzt stellen wir den Trichter wieder auf das Fass und dann muss ich nach Hause. Es ist bestimmt schon spät."

Ob er wohl ahnte, dass seine Flickarbeit nicht lange unentdeckt blieb?

Doch am nächsten Morgen verkündete Erich stolz, dass der Trichter immer noch heil war und auf dem Fass hockte.

Es waren noch keine zwei Wochen vergangen, als Erichs Vater die beiden, die draußen vor dem Haus spielten, in die Scheune rief. Erich erschrak, als er dort eintraf, denn der Vater hatte den zerbrochenen Gärtrichter in der Hand.

„Nun schaut euch doch mal den Trichter an", meinte er zu den Jungen. „Wart ihr das?"

Erich und Walter versuchten ein unschuldiges Gesicht aufzusetzen, doch sie konnten es nicht vermeiden, dabei ein wenig rot zu werden.

„Wir, Vater?", meinte Erich entsetzt und seine Stimme zitterte ein wenig. „Wie kommst du denn darauf?"

„Na, am Trichter klebt Honig", sagte der Vater. „Den esst ihr doch so gerne. Ich habe jedenfalls keinen Honig an den Trichter geschmiert."

„Ich auch nicht", behauptete Erich. Was ja auch stimmte, denn Walter hatte das gemacht.

Der Vater schüttelte den Kopf. „Ich verstehe die Welt nicht mehr, wie ist das denn nur passiert?"

„Och", winkte Walter ab. „Onkel Nikla, das kann ich dir erklären. Der Honig hat sich bestimmt gebildet, als der Viez zu gären anfing. Und der starke Gärdampf hat dann den Trichter auseinandergerissen."

Das gute Obst

Freudestrahlend kam Matz am Abend nach Hause. „Stell dir vor, Jen, zwei große Korbflaschen Schnaps habe ich für unsere Maische bekommen."

„Oh, das ist wirklich viel. Den Schnaps können wir gut gebrauchen", meinte Jen. „Denn Weihnachten bekommen wir ja immer viel Besuch. Womit willst du ihn denn ansetzen? Obst oder Wachholder?"

„Mit Obst", erklärte Matz. „Gleich nach dem Essen werde ich es aus dem Garten holen."

Das machte er dann auch. Die beiden wuschen die Früchte, schnippelten sie klein und dann kamen die Stückchen zum Schnaps in die Korbflaschen.

„Dass du mir da nicht wieder dran gehst", warnte Jen.

„Ich doch nicht", sagte Matz mit einem verschmitzten Lächeln.

„Vorsichtshalber kommt der Schnaps in unsere Kammer unter mein Bett und nicht wie vorher in den Keller. Sonst willst du mir nachher wieder weißmachen, er wäre verflogen."

Gesagt, getan.

Kurz vor Weihnachten holten sie den Schnaps hervor und füllten ihn in Flaschen ab. Die vergorenen Früchte brachte Matz auf den Misthaufen hinter dem Haus.

Hier können sie in aller Ruhe verrotten, dachte er dabei.

Kaum wieder im Haus, fragte Jen. „Was hast du denn mit dem Obst gemacht? Ich habe ganz vergessen, dir zu sagen, dass du es vergraben sollst."

„Ich habe es auf den Misthaufen geworfen", erwiderte Matz.

„Oh, das geht doch nicht. Wenn unsere Hühner nun davon essen", klagte Jen.

„Dann gibt es beschwipste Eier", lachte Matz.

Doch Jen war nicht zum Lachen zu Mute. „Ich kann doch unserem Besuch an Weihnachten keinen Streuselkuchen aus Schnapseiern anbieten."

„Warum nicht? Der schmeckt bestimmt gut."

„Nein, Matz, das geht nicht! Denk an die Kinder", sagte Jen.

Als Matz keine Anstalten machte, das Obst vom Misthaufen zu entfernen, ergriff Jen die Initiative. Aber als sie nach draußen kam, sah sie, dass die Hühner einen großen Bogen um die vergorenen Obststücke machten.

„Siehst du", Matz war ihr gefolgt. „Die halten nichts von Schnapsobst. Unsere Hühner sind eben gut erzogen."

Jen schüttelte den Kopf und ging wieder ins Haus zurück.

Als Matz am nächsten Abend zum Stallausmisten am Misthaufen vorbeikam, waren die ganzen Obstreste verschwunden.

Die werden wohl die Vögel genommen haben, dachte er und blickte zum Himmel. Glaubte er dort einen

16

besoffenen Vogel auszumachen? Er musste bei diesem Gedanken lächeln.

Dann marschierte er in den Stall, um seine Arbeit zu verrichten. Als er zum Ziegenstall kam, blieb er verwundert stehen. Die Geißen, die sonst immer herumsprangen, lagen brav im Heu und schliefen.

Am nächsten Tag, Matz war im Dorf unterwegs, da traf er seinen Kumpel Schorsch. „Sag mal, schmeckt eure Ziegenmilch auch so komisch?", fragte der ihn.

„Wie komisch? Ich habe heute noch keine getrunken. Da müsste ich mal meine Frau fragen", erklärte Matz.

„Sie schmeckt irgendwie nach Schnaps", meinte Schorsch. „Aber das kann ja gar nicht sein. Mein Georg und deine Söhne Walter und Erich haben die Ziegen auf dem Sauwasen gehütet, so wie Georg mir erzählte."

Matz horchte auf. Milch, die nach Schnaps schmeckte? Ihm schwante plötzlich Fürchterliches. Hätte er doch nur auf seine Frau gehört und das Obst vom Misthaufen entfernt!

„Ich muss gehen", sagte er und war auch schon verschwunden.

So schnell er nur konnte, rannte er nach Hause. Er hoffte, dass Jen noch nichts von der Milch getrunken hatte.

Doch zu spät! Jen bemerkte sofort, dass mit der Milch etwas nicht stimmte. Ihr Verdacht war gleich auf ihre Buben gefallen und die hatte sie sich jetzt ins Gebet genommen.

„Die Ziegen sind uns abgehauen", entschuldigte sich Walter. „Georg und ich wollten noch hinterher, aber die waren so schnell mit dem Fressen."

„Ja", stimmte ihm Erich zu. „Ich habe noch versucht, ihn zu stoppen, aber…"

„Wen hast du versucht zu stoppen?", hakte die Mutter sofort nach.

„Na, den Ball, der die Irscher Straße hinunter bis zum Brunnen gelaufen ist", sagte Erich und erhielt dafür von Walter einen Tritt gegen das Schienbein. Aber nun hatte er sich sowieso verplappert.

Mit hochrotem Kopf saßen die beiden am Tisch und warteten auf das Donnerwetter, das da gleich über sie hereinbrechen würde.

Doch dann öffnete sich die Tür und Matz stürzte herein.

Als sein Blick auf die beiden Söhne fiel, wurde ihm ganz anders.

Oh je, die tranken wohl auch von der Milch, dachte er. So rot wie deren Köpfe sind, haben sie bestimmt schon eine Alkoholvergiftung. Das wird Jen wohl nicht gefallen…

„Gut, dass du kommst", meinte Jen wütend. „Jetzt sind alle drei Übeltäter beisammen."

Schuldbewusst hockte sich der Vater zu seinen Söhnen und wartete auf seine Strafpredigt. Doch stattdessen fing Jen auf einmal laut an zu lachen.

Ob das an dem Anblick der drei Sündenböcke lag, die ganz ängstlich aus der Wäsche guckend der Dinge harrten, die da kommen sollten. Oder an der komischen Milch, die sie getrunken hatte. Aber das war jetzt auch egal!

Hauptsache, Jen war nicht mehr böse mit ihnen. Matz warf von nun an nie mehr vergorenes Obst auf den Misthaufen.

Die drei aber waren noch lange Zeit Dorfgespräch, denn besoffene Ziegen hatte es in Irsch noch nie gegeben.

Die kleine Mücke

„Schaut mal, da hinten kommt der Jicker Vater, dem könnten wir doch mal einen Streich spielen. Der hat mich nämlich gestern bei meinem Vater verpetzt, als ich heimlich an seiner Pfeife gezogen habe. Und das hat ganz schön wehgetan, kann ich euch sagen", erzählte Matz seinem Freund und rieb sich sein Hinterteil.

„Ja, so ist es mir auch ergangen", erklärte Hannes. „Nur, dass ich an Vaters Schnapsflasche war. Jicker Vater müssen wir einen Denkzettel verpassen. Aber wie?"

Da kam Jicker Vater gerade vorbeispaziert. Schnell duckten sich die Jungs, die in einem Nussbaum saßen, damit er sie nicht sehen konnte.

Das wäre der nächste Grund gewesen, die Jungen anzuschwärzen, weil der Nussbaum dem Schmied gehörte.

Aber Jicker Vater schien sie nicht gesehen zu haben, denn er setzte seinen Weg unbeirrt fort. Die beiden atmeten beruhigt auf.

„Noch einmal davongekommen", meinte Hannes, „die Prügel wäre mir sicher gewesen." Er stopfte sich die Nuss, die er eben gepflückt hatte, in seine Hosentasche. Diese war schon ganz ausgebeult, so viele Nüsse befanden sich darin. „Besser wir verschwinden, bevor der wieder zurückkommt."

Hannes kletterte vom Baum herunter und Matz hinterher.

Die Nüsse vom Baum des Schmieds schmeckten am besten und weil der heute zum Pferdebeschlagen in Kernscheid war, hatten sie das ausgenutzt. Der Schmied hatte zwar nichts dagegen, wenn sich einer eine heruntergefallene Nuss aufhob, aber die Nüsse vom Baum stibitzen, das würde ihm bestimmt nicht gefallen.

„Komm, wir bringen die Nüsse in unser Versteck", schlug Hannes vor, „dort findet sie niemand."

Schnell eilten die Jungen zum Katzenbach, denn dort hatten sie sich eine kleine Hütte in einem Gebüsch gebaut. Es war mehr ein Unterschlupf aus Ästen und Blättern, aber von der Straße aus nicht sichtbar.

Hannes zog sein nicht mehr ganz so sauberes Taschentuch heraus und wickelte seine Nüsse darin ein. Zwei Nüsse aber hielt er zurück, die wollte Hannes sofort essen. Matz tat es ihm gleich. Die Taschentücher versteckten sie unter einem Busch, der in ihre Hütte hineinragte. Hier würde sie niemand entdecken. Anschließend setzten sie sich auf den Baumstumpf, den sie als Sitz in die Hütte gezogen hatten.

„Und, hast du eine Idee, wie wir ihn ärgern können?", fragte Matz.

„Nein, aber mir wird schon noch etwas einfallen", meinte Hannes und zerdrückte die Nuss in seiner Hand. Doch auch nachdem er die zweite Nuss gegessen hatte, fiel ihm nichts ein.

21

„Lass uns ins Dorf gehen, vielleicht finden wir dort etwas, um ihn zu ärgern", meinte er schließlich.

Die beiden liefen aus der Hütte hinaus und spazierten am Bach entlang. Plötzlich blieb Matz stehen.

„Oh, sieh mal, da sitzt ein kleiner Frosch." Er bückte sich und versuchte ihn aufzuheben. Doch der Frosch machte einen Satz und war im Wasser verschwunden.

„Los, den fangen wir", meinte Hannes, „mir ist gerade eine Idee gekommen." Er lachte schelmisch.

„Was für eine Idee?", wollte Matz wissen.

„Das erzähle ich dir später. Erst müssen wir den Frosch fangen." Er setzte dem Tier nach, das gerade wieder aus dem Bach herausgesprungen war.

Es dauerte eine ganze Weile, bis sie den Frosch endlich eingefangen hatten. Dass dies nicht ganz ohne Blessuren und schmutzige, nasse Kleidung abgelaufen war, kann man sich ja denken.

„Nun komm!" Hannes hatte es auf einmal eilig. „Jicker Vater ist bestimmt zum Mähsch, denn der hat frischen Viez gemacht. Wenn er dann so da sitzt, schleichen wir uns von hinten an und stecken den Frosch in seine Jackentasche. Das wird ein Spaß, wenn er dort hineinfährt." Hannes rieb sich die Hände und lachte. Matz lachte mit, die Hände konnte er sich nicht reiben, denn darin hielt er ja den Frosch gefangen.

Hannes hatte Recht behalten, denn als sie zum Stall kamen, wo Mähsch seinen Viez aufbewahrte, saß

Jicker Vater auf einem Schemel und ließ sich den Most schmecken.

Mähsch war nicht zu sehen. Also schlichen sich die beiden leise in den Stall, und direkt hinter Jicker Vater, der sie so nicht sehen konnte. Matz zog den kleinen Frosch hervor und wollte ihn gerade in Jickers Jackentasche schmuggeln, da kam Mähsch herein.

Vor Schreck ließ Matz den Frosch fallen und der landete geradewegs in der Porz, die Jicker Vater neben sich stehen hatte.

„Oh", meinte Mähsch, „noch zwei Besucher."

Jicker Vater blickte sich verwundert um. „Wo kommt ihr denn auf einmal her? Habt ihr den Nussbaum schon leer geplündert?"

Die beiden zuckten zusammen, hatte der Alte sie doch gesehen. Das gab zu Hause wieder Ärger, wenn er es seinen Eltern erzählte.

Aber du bekommst auch deine Strafe, dachte Hannes und musste dabei heimlich grinsen. Denn er glaubte ja, dass Matz ihm den Frosch in die Jackentasche gesteckt hatte.

„Wir, wir…", stotterte Matz.

„Ach, lass die beiden doch", winkte Mähsch ab. „Jicker Vater, das habt ihr als Junge doch bestimmt früher auch gemacht, oder?"

Jicker Vater grinste.

„Na, siehst du. Darauf trinken wir noch einen!" Mähsch goss Jicker Vater noch etwas Viez nach.

Als dieser anschließend seine Porz zum Mund führte, stockte Matz der Atem. Er wusste ja, dass in der Porz

23

der Frosch schwamm. Oh weh, wenn Jicker Vater das sah… Die Prügel mag er sich nicht ausmalen.

Jicker Vater hatte gerade einen Schluck getrunken, als er stutzte und dann rasch noch einen kräftigen Zug hinterher schickte.

„Oh", meinte er anschließend, „da hat sich wohl eine kleine Mücke rein verirrt."

Einbrecher

Müde gingen Jakob und Lisbeth ins Bett.

Jakob gähnte noch einmal herzhaft, drehte sich zur Seite und bald war lautes Schnarchen zu hören.

Lisbeth hatte keine Lust zu schlafen, sie wollte noch ein wenig lesen. Extra für die Adventszeit hatte sie sich einen Weihnachtskrimi gekauft. Sie zupfte ihr Kopfkissen zurecht und schnappte sich ihr Buch. Gerade war sie an einer spannenden Stelle angekommen, als es über ihr auf dem Dachboden leise polterte. Erschrocken blickte sie vom Buch auf und lauschte. Aber da war nichts mehr, sie musste sich wohl verhört haben. Beruhigt widmete sie sich wieder ihrem Krimi. Doch nur wenige Minuten später ertönte das Poltern erneut. Sie hatte sich also nicht verhört. Was konnte das nur sein? Ob eines der Kinder sich nach oben geschlichen hatte? Aber was sollten die Kleinen so spät noch auf dem Dachboden? Vielleicht sind das ja Einbrecher, dachte sie entsetzt.

„Jakob!", sie rüttelte ihren Mann wach. „Da oben auf dem Dachboden ist jemand. Steh auf, du musst nachsehen."

„Was?" Er öffnete die Augen. „Was willst du mitten in der Nacht?"

Er sah auf den Wecker, der neben seinem Bett auf dem kleinen Nachttisch stand. „Es ist gerade mal 23 Uhr! Schlaf weiter!"

„Jakob!" Lisbeth gab keine Ruhe. „Wie soll ich schlafen, wenn jemand oben auf dem Speicher herumschleicht?"

„Da ist niemand!", sagte Jakob verärgert. „Nun lass mir meine Ruhe." Er wollte sich wieder zum Schlafen legen, als es erneut über ihnen polterte. Diesmal viel lauter als die Male davor.

Jakob horchte überrascht auf. „Jetzt habe ich es auch gehört."

„Na, siehst du", sagte Lisbeth. „Du musst nachsehen. Das ist bestimmt ein Einbrecher."

„Einbrecher? Was will der denn bei uns?" Jakob lachte. „Hier gibt es nichts zu holen. Soll er doch nebenan zu den Müllers gehen. Die haben mehr Geld."

„Aber er ist jetzt nun mal bei uns", gab ihm Lisbeth zu verstehen. „Du musst etwas unternehmen!"

Jakob seufzte, stand dann aber doch auf und schlich zur Tür.

„Warte", hielt Lisbeth ihn zurück und schaute sich suchend um. „Hier, nimm das mit!" Jakob blickte Lisbeth verwundert an. „Was soll ich denn damit?" Er sah fragend den Nachttopf an und dann wieder Lisbeth. „Meinst du vielleicht, der Einbrecher wäre bei uns, weil er mal muss?"

„Das ist als Verteidigung gedacht!", erklärte Lisbeth. „Falls er dich angreift."

„Ein Nachttopf als Verteidigung?"

„Besser als nichts", meinte Lisbeth. „Nun geh!"

Während Jakob sich auf den Weg nach oben machte, lag Lisbeth im Bett und lauschte.

Plötzlich hörte sie ein Scheppern und ein Rumsen, so als wäre etwas umgefallen, und dann war es wieder still.

Lisbeth schluckte. Wenn der Einbrecher nun meinem Jakob zuvorgekommen ist und ihn zu Boden geschlagen hat…

Schnell verkroch sie sich unter dem Bett, damit der Einbrecher sie nicht sehen würde, falls er nun zu ihr ins Zimmer käme.

Es vergingen wieder einige Minuten. Lisbeth lag immer noch still unter dem Bett. Auf einmal wurde ihre Schlafzimmertür aufgerissen, jemand stürmte herein und ließ sich aufs Bett fallen.

Lisbeth wagte es immer noch nicht, sich zu bewegen. Dann plötzlich war ein leises Schnarchen zu hören.

„Mama, Mama, wo bleibst du denn?" Lisbeths Jüngster stürmte ins Zimmer hinein. „Ich muss doch in den Kindergarten. Papa, hast du Mama gesehen?"

Lisbeth, die noch immer unter dem Bett lag, schlug verwundert die Augen auf. Sie musste wohl eingeschlafen sein. Aber hatte ihr Sohn eben nicht Papa gesagt? Sie kletterte unter dem Bett hervor.

Jakob erschrak. „Was, was machst du denn unter dem Bett?"

„Ich dachte, der Einbrecher hätte dich erschlagen!", murmelte Lisbeth. „Und als die Zimmertür aufgegangen ist, hab' ich gedacht, er kommt mich holen!"

Jakob musste lachen. „Nein, das war ich. Und für den Einbrecher werde ich heute noch eine Falle bauen."

„Du willst den Einbrecher fangen?", fragte Lisbeth ungläubig.

„Ja", sagte Jakob.

„Willst du das nicht lieber der Polizei überlassen?", schlug sie vor. „Das ist doch gefährlich. Ich will nicht, dass dir etwas geschieht."

„Du musst dich nicht um mich sorgen", lachte Jakob, „deine Einbrecher sind nämlich zwei kleine Frettchen."

Der falsche Nikolaus

Es war später Nachmittag und Matz hatte es sich mit seiner Zeitung in der Küche gemütlich gemacht. Doch plötzlich wurde er jäh beim Lesen gestört.

„Matz!" Die Mutter kam aufgeregt in die Küche gerannt. „Stell dir vor, ich habe eben den Franz getroffen!"

Matz lachte. „Was ist denn daran so besonders? Den sehen wir doch jeden Tag. Darum regst du dich hier so auf? Oder ist etwas mit ihm passiert?"

„Nein, es ist nichts mit ihm passiert", entgegnete die Mutter.

„Dann ist doch alles gut." Matz wandte sich wieder seiner Zeitung zu.

„Nichts ist gut", meinte die Mutter.

Matz ließ die Zeitung sinken und sah seine Frau fragend an.

„Du weißt doch", erklärte sie weiter. „Franz macht immer den Nikolaus im Dorf."

„Klar", sagte Matz, „das ist mir bekannt."

„Aber dieses Jahr geht das nicht", bedauerte sie.

„Warum denn? Will er nicht? Oder hat er zu viel Angst davor? Oder hat er sich über unartige Kinder geärgert?"

„Nein, das nicht. Er wollte seine Nikolaussachen holen und da waren sie verschwunden."

Matz lachte. „Das waren bestimmt die Buben, weil sie immer die meiste Schelte vom Nikolaus bekommen.

Weißt du noch letztes Jahr? Da wurden sie unsanft von Knecht Ruprecht an den Haaren gezogen und der Nachbarsjunge Peter kam sogar in den Sack vom Nikolaus. Deshalb würde es mich nicht wundern, wenn Peter ihm die Sachen geklaut hat. Das könnte ihm keiner verdenken."

„Nun hör aber auf", entrüstete sich Jen. „Das wäre kein guter Streich. Schließlich gibt es nun im ganzen Dorf keinen Nikolaus."

„Oh Jen", grinste Matz. „Darüber sind die Kinder bestimmt nicht böse."

„Aber ich bin es", wetterte Jen. „Bei uns kommt auf jeden Fall heute der Nikolaus ins Haus! Und den machst du!"

Matz schluckte erst und holte tief Luft. Ihm war das Grinsen mit einmal Schlag vergangen. Er wollte ihr zuerst widersprechen. Um es aber mit seiner Frau nicht zu verderben, würde er halt für die paar Minuten den Nikolaus spielen. Das konnte ja nicht so schwer sein.

„Wenn's denn sein muss", sagte er.

„Dann ist es ja gut." Jen atmete erleichtert auf und verließ die Küche.

Da fiel Matz plötzlich ein, dass er ja überhaupt nichts hatte, um sich als Nikolaus zu verkleiden.

Die Pferdedecke vom Lottchen könnt ich nehmen, dachte er. Sie ist zwar nicht ganz rot und hat zudem noch kleine Pünktchen. Aber das wird den Kindern bestimmt nicht auffallen.

Eine Hose und Stiefel, die besaß er ja. Jetzt fehlte nur noch die Kopfbedeckung. Aber wo sollte er eine Mitra herbekommen? Er überlegte, ob er nicht irgendwo so ein spitzes Ding in der Scheune hatte, ging hinaus und schaute sich dort um. Doch er konnte nichts finden. Plötzlich kam ihm die rettende Idee, dass Zuckertüten eine ähnliche Form hatten. Mit etwas Papier, Schere und Kleber könnte er sich daraus eine Mitra basteln. Matz ging zurück in die Küche, schnappte sich zwei leere Einmachgläser und gab zwei Zuckertüten hinein. So, nun konnte seine Bastelei beginnen. Schön war der Hut nicht, den er nach fast einer Stunde hergestellt hatte. Doch als er etwas Farbe darüber pinselte, sah er ganz manierlich aus. Jetzt fehlte nur noch der Bart.

Durch das Basteln war Matz jetzt richtig in Fahrt gekommen. Er rannte in den Stall und betrachtete den Schwanz von der dicken Kuh Berta. Aber die Haare waren ihm zu kurz und sahen auch nicht schön aus. Die Schwanzhaare vom Lottchen, die müssten passen, meinte er schließlich und rannte zum Pferdestall. Matz schnitt nicht zu knapp fast den ganzen Schwanz vom Lottchen ab. Ein kurzer Stummel war nur noch zurückgeblieben.

„Der wächst schnell wieder nach", sagte Matz beschwichtigend zum Pferd. Anschließend lief er in die kleine Scheune, wo er sein Handwerkszeug aufbewahrte. Dort angelangt, holte er ein Drahtstück und wickelte Lottchens Schwanzhaare drum herum.

Dann setzte er das Ganze auf und siehe da, es passte wie angegossen.

Da kam auf einmal Jen in die Scheune gelaufen. Als sie ihn sah, blieb sie erschrocken stehen. „Matz, du bist das? Ich hätte dich fast nicht erkannt. Bist du fertig? Die Kinder sind schon alle am Tisch versammelt und warten auf den heiligen Mann."

„Ja, ja", entgegnete Matz. „Ich bin gleich fertig."

Während Jen zurück ins Haus lief, zog Matz sich rasch seine Nikolaussachen an.

„Lasst uns froh und munter sein...," klang es ihm schon im Flur entgegen und Matz beschlich plötzlich ein unangenehmes Gefühl.

Hätte ich das doch bloß schon hinter mir, dachte er. Er nahm all seinen Mut zusammen, öffnete die Tür und trat ein. Wie er seine Kinder da so erwartungsvoll und ängstlich sitzen sah, verschlug es ihm mit einem Mal die Sprache. Er wusste überhaupt nicht mehr, was er sagen sollte.

„Guten Abend, heiliger Mann", half ihm Jen aus der Patsche.

„Guten, guten Abend, Kinder", stotterte Matz. Da fiel ihm ein, dass der Nikolaus doch immer in sein Buch schaute. Da standen nämlich die guten Taten und die Untaten der Kinder drin.

Aber ein Buch zu besorgen, daran hatte er im Eifer des Gefechts nicht gedacht. Verlegen schaute er auf seine Frau und sah, dass sie verärgert den Kopf schüttelte.

„Nun, nun", räusperte sich Matz. „Wie ich hörte, gibt es hier nur brave Kinder."

Jen traute ihren Ohren nicht. Was war denn nur mit ihrem Mann los? Sonst schimpfte er immer über die Buben und nun waren sie braven Kinder?

„Deshalb", sprach Matz weiter, „habe ich auch für jeden etwas mitgebracht." Es wollte in seinen Sack greifen, doch den hatte er in der Eile im Stall liegen lassen.

„Ich, ich, der Nikolaus hat den Sack draußen stehen", redete er sich schnell heraus und erntete dabei von seiner Frau erneut einen wütenden Blick.

Als er in den Flur kam, stand dort für jedes Kind ein mit Obst und Plätzchen gefüllter Teller. Er brachte die Teller nun schnell in die Küche und verteilte sie an die Kinder.

„So", sprach er anschließend. „Nun muss der Nikolaus wieder gehen. Es warten ja noch andere Kinder auf mich."

Matz gab zur Verabschiedung jedem Kind die Hand. Auch dem kleinen Erich, der sich ängstlich an seine Mutter kuschelte.

„Dann bis nächstes Jahr." Matz verließ überglücklich den Raum.

So, das wäre geschafft, freute er sich. Es war gar nicht so schlimm gewesen.

Dann zog er rasch seine Nikolaussachen aus und brachte alles zu seinem Platz zurück. Kaum war er wieder in der Küche, da bestürmten ihn auch schon seine Kinder.

„Papa, wo bleibst du denn? Der Nikolaus war da", sagte Walter.

„Und er hat nicht mit uns geschimpft und viele gute Sachen mitgebracht", sprudelte es aus dem kleinen Erich heraus.

„Er sah etwas merkwürdig aus", erzählte die etwas ältere Maria. „Ganz anders als der vom letzten Jahr. Dieser hatte eine Decke um und eine komische Mitra auf dem Kopf."

„Sag nur?" Matz setzte sich schmunzelnd zu seinen Kindern auf die Eckbank. Da kam der kleine Erich angekrochen.

„Stell dir vor, Vater", meinte er dann. „Und der hat ganz stark nach Lottchen gerochen."

Schmuggeln

In unserem kleinen Dorf lebte die Familie Willems. Es waren vier Schwestern und deren Cousin Franz. Liebevoll wurden die Schwestern von den Dorfbewohnern auch die Gärristantschja genannt. Da sie keine Kinder hatten, dafür aber umso mehr Besitztümer, konnten sie sich auch einige Sachen erlauben, die für die übrigen Dorfbewohner zu teuer waren. So gab es bei ihnen schon richtigen Kaffee zum Frühstück. Nicht so einen Muckefuck, wie ihn die anderen Leute tranken.

„Der Kaffee wird auch immer teurer", erzählte Kriddi ihrer Freundin, die heute zu Besuch gekommen war. „Bald können auch wir ihn uns nicht mehr leisten."

„Dann musst du den Kaffee in Luxemburg kaufen", meinte diese, „dort ist er billiger und die Bohnen werden schonender geröstet."

Kriddi, die gerade ihre Tasse zum Mund führen wollte, setzte sie ab. „Aber wie sollen wir den Kaffee denn über die Grenze bekommen?" Sie schaute ihre Freundin fragend an. „Ich will nachher nicht im Duckäss, Gefängnis, landen."

Die Freundin lachte. „Keine Bange, ich bin noch nie erwischt worden und ich schmuggle meinen Kaffee schon seit Jahren."

„Und wie machst du das?", wollte Kriddi wissen.

Die Freundin beugte sich vor und flüsterte Kriddi etwas ins Ohr. „So musst du es machen", sagte sie zum Schluss, „dann kann dir nichts geschehen."

Am nächsten Tag beschloss Kriddi sogleich den Rat ihrer Freundin in die Tat umzusetzen.

„Ich mache morgen eine Wallfahrt nach Echternach", erklärte sie ihren Geschwistern beim Frühstück.

„Warum denn das?", hakte Franz nach.

„Wir wollten doch morgen Plätzchen backen", sagte Sanni.

„Ach, das bekommt ihr auch ohne mich hin." Dass sie nur zur Wallfahrt ging, um Kaffee zu schmuggeln, wollte sie ihren Geschwistern lieber verheimlichen. Ansonsten hätten die sie aus Angst wohl nicht gehen lassen.

„Und du kommst mit", wandte sie sich an die kleine Maria, ein Kind aus der Nachbarschaft.

Maria nickte und strahlte dabei über das ganze Gesicht. Im Ausland war sie noch nie gewesen.

Frühmorgens brachen die beiden auf. Kriddi hatte Proviant eingepackt, den sollten sie dann später in Echternach essen. Aber erst ging es zu Fuß nach Trier. Hier wurde der Zug bestiegen, der sie zu ihrem Ziel brachte.

Dort angekommen besuchten die beiden die Messe. Anschließend schaute sich Kriddi nach einem Platz um, wo sie in Ruhe ihren Proviant essen konnten. Der war schnell gefunden. Bald darauf ließen sich die beiden die dick mit Marmelade beschmierten Butterbrote schmecken.

Danach ging es zum Kaffeekaufen in ein kleines Geschäft. Kriddi erstand ein Pfund besten Bohnenkaffee. Als sie aus dem Geschäft herauskamen, meinte sie zu Maria: „Bleib einmal hier stehen, ich muss mal." Gleich darauf war sie in einer Gaststätte verschwunden, um dort die Toilette aufzusuchen. Kriddi wollte nur den Kaffee verstecken, so wie es ihr die Freundin geraten hatte. Sie drückte das Päckchen unter ihre Arme, aber das tat ihr zu weh. Dann steckte sie die Tüte unter ihr Hemd, auch das ging nicht. Schließlich fand sie das richtige Versteck und ging zufrieden wieder hinaus.

Maria wäre ihr am liebsten hinterhergelaufen. So ganz alleine in einem fremden Land, das war ihr nicht geheuer. Ungeduldig trippelte sie von einem Bein auf das andere. War Maria froh, als Kriddi endlich aus der Gaststätte kam.

„So, jetzt können wir zum Zug gehen", meinte Kriddi und griff nach Marias Hand.

„Tante Kriddi, wo ist denn der Kaffee, hast du den im Gasthaus liegen lassen?" Sie schaute die Tante fragend an.

„Nein", meinte diese knapp. „Und nun komm, sonst verpassen wir noch den Zug."

Auf dem Weg zum Bahnhof schaute Kriddi sich immer wieder ängstlich um. Ihr war nicht wohl bei dem, was sie da tat.

Doch sie kamen unbehelligt zum Zug und stiegen ein. Kurz hinter der Grenze kam der Kontroller. „Die Fahrkarten bitte!", schrie er durch den Zug. Bei den

37

beiden angelangt, fragte er Kriddi: „Haben sie etwas zu verzollen?" Er schaute sie dabei prüfend an.

„Nein, nein, nichts", stotterte Kriddi und wurde dabei rot wie eine Tomate.

„Hm", der Kontrolleur ließ sich die Karten reichen und machte mit seinem Knipser ein Loch hinein.

„Keine Zigaretten gekauft?", hakte er nach, wohl weil Kriddis Wangen sich gerötet hatten. „Oder vielleicht Kaffee?"

„Nein, wir waren nur zur Wallfahrt in Echternach", flunkerte Kriddi weiter.

„Aber Tante Kriddi", meldete sich die kleine Maria zu Wort. „Wir haben doch..."

„... Pfeifenstangen mitgenommen", fiel Kriddi ihr ins Wort, bevor Maria verraten konnte, dass sie Kaffee gekauft hatten. Zur Bestätigung zog sie die Zuckerpfeifen, die sie für die Nachbarskinder gekauft hatte, aus ihrer Tasche.

„Darf ich mal in ihre Tasche sehen?" Der Schaffner gab sich immer noch nicht zufrieden. Kriddi reichte sie ihm. Dann musste sie auch noch aufstehen und ihren Mantel aufknöpfen.

„Danke", meinte der Schaffner anschließend. „Ich wünsche noch eine gute Fahrt."

Kriddi atmete erleichtert auf, als der Kontrolleur endlich weiterging.

Es war schon später Nachmittag, als die beiden nach Hause kamen.

„Da seid ihr ja wieder!" Sanni, Kriddis Schwester, kam gerade vor die Tür. „War es schön?" sie sah

Maria fragend an. Diese nickte nur, nahm dankend die Zuckerpfeifen, die Kriddi ihr gab, und rannte glücklich zu ihren Geschwistern, die sich riesig darüber freuten.

„Dann geh schon mal Wasser aufsetzen", meinte Kriddi zu Sanni. „Ich habe Kaffee mitgebracht.

„Kaffee aus Luxemburg?" Sanni konnte es nicht glauben. „Wie hast du denn den über die Grenze bekommen?"

„Das erzähle ich euch später" Sie rannte an ihrer Schwester vorbei ins Haus hinein. „Ich ziehe mich rasch um!"

Kriddi ging nach oben, um ihre feinen Klamotten, die sie eigentlich nur sonntags trug, auszuziehen. Anschließend lief sie mit dem Kaffee nach unten.

„Und, wo hattest du den Kaffee versteckt?", wollte Anna wissen. „Ich hätte ihn ganz tief in meine Tasche gelegt."

„Dann wärst du vom Kontrolleur erwischt worden", lachte Kriddi. „Der hat nämlich meine Tasche durchsucht."

„Ich hätte ihn unter den Armen verborgen", schlug Sanni vor.

„Das hatte meine Freundin mir auch geraten", sagte Kriddi. „Aber als ich es versuchte, tat mir das zu weh. Der Schaffner hätte ihn dort auch entdeckt, denn ich musste meinen Mantel öffnen."

„Ja, um Himmelswillen, wo hattest du ihn denn versteckt?", fragte Franz schon ganz ungeduldig.

„Da kommt ihr nie drauf", behauptete Kriddi. „Ich hatte mir das Päckchen mit meinem Strumpfhalter im Schritt zwischen den Beinen festgebunden!"

Der gute Tee

So eine Führerscheinprüfung kann einen ganz schön schlauchen. Besonders, wenn man vor lauter Aufregung schon nicht mehr richtig denken kann.

„Oh, unser Junge, der macht mich noch wahnsinnig. Das ist jetzt schon seine dritte Führerscheinprüfung. Bin ich froh, wenn er endlich bestanden hat", beschwerte sich Claudia bei ihrer Schwester Beate. Sie nahm sich noch ein Lebkuchenplätzchen. „Kannst du meinem Klaus denn nicht helfen? Dieses Mal ist er so zappelig und nervös. Wenn das wieder nichts wird… Du hast doch immer solche guten Mittelchen." Sie stieß einen tiefen Seufzer aus.

„Hm…" Beate überlegte. „Und wenn du ihm Melissengeist gibst?"

„Oh nein, das geht nicht", wusste Claudia. „Da ist doch Alkohol drin. Dann kann er nicht mehr Autofahren."

„Dann eben Baldriantabletten", schlug Beate vor.

„Nein, die sind zu stark, dann schläft er womöglich noch während der Prüfung ein. Hast du nicht einen guten Tee für ihn?", fragte Claudia und blickte auf die Uhr. „Oh, schon so spät, ich muss nach Hause zum Kochen. Ich schicke dir den Klaus nachher vorbei."

„Aber…" Beate wollte ihr gerade davon abraten, doch Claudia war schon im Flur verschwunden. Kurz darauf wurde die Haustür geöffnet und schlug wieder zu.

Gleich am Nachmittag klingelte Klaus wirklich an Beates Tür.

„Mutter schickt mich, ich, ich komme wegen des Tees", erklärte er.

Beate erschrak, als sie ihren Neffen sah. Er war ganz weiß im Gesicht und nicht nur seine Stimme zitterte.

„Komm nur herein", meinte sie und öffnete die Türe ganz.

„Ich habe aber nicht viel Zeit, ich muss in zwei Stunden bei meiner Fahrschule sein", sagte Klaus und trat ein.

„Das geht ganz rasch", beruhigte sie ihn. „Nimm Platz, ich setze den Tee gleich auf."

Ich muss dem armen Kerl helfen, dachte sie, aber wie? Ratlos stand sie vor dem Küchenschrank. Schließlich öffnete sie die Schranktür und griff zur Blechdose, in der sie den Tee verwahrte.

Oh je, dachte sie, nachdem sie die Dose geöffnet hatte und hineinsah.

Dann schien ihr plötzlich etwas eingefallen zu sein. Sie zog schmunzelnd einen Beutel heraus und füllte den Wasserkocher. Nur wenige Minuten später betrat sie das Wohnzimmer mit einer dampfenden Tasse Tee.

Klaus sah immer noch nicht besser aus. Er hockte zusammengekauert in der Sofaecke.

„Der wird dir guttun." Sie stellte den Tee vor ihm ab.

„Glaubst du? Ich bin doch so nervös. Ich werde die Prüfung nie schaffen", meinte Klaus verzweifelt.

„Oh, doch, das wirst du. Das ist ein Wundertee", sagte Beate ganz geheimnisvoll.

Klaus nahm einen kleinen Schluck, da der Tee noch sehr heiß war.

„Und, schmeckt er dir?"

„Geht so", meinte er.

„Was helfen soll, schmeckt nicht immer gut", erklärte die Tante.

Und als Klaus die Tasse geleert hatte, fühlte er sich wirklich besser. Auch sein Gesicht hatte wieder Farbe bekommen. „Jetzt muss ich aber los, sonst komme ich noch zu spät zur Prüfung." Er stand auf. „Vielen Dank für den Tee!"

„Keine Ursache. Ich wünsche dir viel Glück für die Prüfung. Das schaffst du schon!"

Am Abend kam Klaus' Mutter aufgeregt zu ihrer Schwester. Beate hatte sie schon vom Fenster aus gesehen. Sie öffnete die Tür, noch bevor Claudia klingeln konnte.

„Er hat bestanden, er hat bestanden! Dein Tee wirkt wahre Wunder!", platzte Claudia gleich heraus.

„Das ist ja schön, komm doch herein." Die beiden gingen in die Küche.

„Was hast du ihm denn nur für einen Tee gegeben? Klaus sagte, er hätte nicht gut geschmeckt, aber ihn unheimlich beruhigt. Das war bestimmt Johanniskrauttee, oder?" Claudia sah sie fragend an.

„Nein." Beate lachte und ging zur Schranktür, dort holte sie die Teedose heraus.

„Ich hatte leider keinen anderen Tee mehr. Da habe ich ihm ein Beutelchen davon gegeben."

Sie legte das kleine Teebeutelchen auf den Tisch. Claudia beugte sich neugierig nach vorne, las und verzog ungläubig das Gesicht, denn auf der Packung stand:

Tee für die Beschwerden in den Wechseljahren…

Die Streichhölzer

„Matz, ich muss noch mit meiner Schwester nach Filsch zum Schuster, um meine Schuhe dort abzuholen. Der Schuster hat mir gestern durch die Nachbarin Bescheid geschickt, dass sie nun wieder besohlt sind. Also sei bitte zu Hause, wenn die Mittagsglocke läutet."

„Das ist kein Problem", meinte Matz. „Das Rübenstück ist ja fast fertig. Ich muss nur noch den Rest vom Unkraut befreien. Das wird nicht so lange dauern." Matz stand vom Kaffeetisch auf, nahm noch einen letzten Schluck aus der Tasse und verließ das Zimmer.

„Und ihr", scheuchte Jen die beiden jüngsten Buben auf, „geht hinaus zum Spielen. Ich kann euch hier nicht gebrauchen, ich möchte noch die Küche putzen. Dabei seid ihr mir nur im Weg."

Murrend liefen die Jungen, Erich der Jüngste und sein etwas älterer Bruder Walter, hinaus.

„Sollen wir Murmeln spielen?" Erich sah seinen Bruder fragend an.

„Dazu habe ich keine Lust", gab der zurück.

„Wir können auch auf den Nussbaum klettern und Nüsse futtern." Erich rieb sich über den Bauch. „Die schmecken doch so lecker."

Aber Walter hatte auch daran kein Interesse.

„Geh du nur", meinte er zu seinem Brüderchen. „Ich warte auf meinen Freund Georg. Der wird wohl gleich kommen."

„Immer dieser Georg, du kannst doch auch einmal mit mir spielen." Erich zog beleidigt ab.

Walter wartete noch eine Weile, aber als Georg doch nicht erschien, beschloss er, seinem Brüderchen zu folgen.

Als er hinter das Haus kam, saß Erich auf der Wiese und hatte Holzscheite um sich herum verteilt.

„Was machst du denn da?", fragte Walter neugierig.

„Ich, ich bin auf einer Insel", erklärte Erich. „Pass auf, du stehst im Wasser."

„Oh!" Walter machte einen Satz, sprang über die Holzscheite und landete neben seinem Bruder.

„Da hast du aber Glück gehabt, sonst wärst du ertrunken", sagte Erich.

„Ach, du spielst Robinson Crusoe", wusste Walter. „Darf ich mitspielen?"

„Ja, wenn du willst." Erich strahlte über das ganze Gesicht.

„Dann brauchen wir aber etwas zum Essen, sonst verhungern wir auf unserer Insel", entschied Walter.

„Wir legen uns einen Vorrat an Plätzchen an, dann kann uns nichts passieren."

„Nein, da wird Mutter böse. Die sollen wir doch vor Weihnachten nicht essen", hielt Erich ihn zurück.

„Aber wie wäre es mit Nüssen?"

Das fand Walter gut und so kletterten die beiden auf den Baum und pflückten so viele Nüsse, wie sie tragen konnten. Die nahmen sie dann mit auf ihre Insel und aßen sie auch gleich.

„Was machen wir jetzt?", fragte Erich.

Walter überlegte. Plötzlich kam ihm die Idee. „Auf der Insel gibt es bestimmt wilde Tiere. Wir müssen sie mit Feuer vertreiben."

„Aber wir haben kein Feuer", sagte Erich.

„Dann müssen wir eben welches machen", schlug Walter vor. „Dazu brauchen wir erst einmal Streichhölzer und Holz."

„Ich weiß, wo Streichhölzer sind", lachte Erich. „Über dem Herd. Aber Mutter ist bestimmt noch in der Küche, da können wir nicht hinein."

„Vielleicht ist sie ja schon mit Putzen fertig. Komm, wir sehen nach." Die beiden verließen ihre Insel und schlichen leise ins Haus hinein. Im Flur hörten sie Geräusche, die aus dem Keller kamen.

„Das ist Mutter", flüsterte Walter seinem Brüderchen zu. „Sie ist im Keller. Schnell, holen wir die Streichhölzer, bevor sie wieder nach oben kommt."

Die zwei sausten in die Küche und zum Herd.

„Die Streichholzschachtel liegt ganz oben", sagte Erich. „Wie sollen wir da drankommen?"

„Ich hebe dich hoch und du kletterst auf den Herd", erklärte Walter. „Dann müsste es gehen."

Gesagt, getan.

Es dauerte zwar eine Weile, aber dann hatten sie es geschafft und konnten unentdeckt mit der Schachtel das Haus verlassen.

In der Zwischenzeit kam die Mutter aus dem Keller zurück. Sie hatte noch etwas Sauerkraut für das Mittagsessen unten aus dem Krauttopf geholt. Dazu gab es dann Kartoffeln und ein Stück Leberwurst. Sie schüttete das Kraut in einen Topf und stellte diesen auf den Herd. Dann griff sie nach der Streichholzschachtel, die sich oberhalb des Herds auf der kleinen Ablage befinden sollte.

Nanu, dachte sie verwundert, wo sind denn die Streichhölzer? Ich hatte sie doch gestern hier abgelegt. Sie tastete weiter auf der Ablage herum.

Nein, hier ist nichts, stellte sie fest. Vielleicht ist die Schachtel ja heruntergefallen?

Sie bückte sich und suchte den Boden ab, aber dort war sie auch nicht.

Komisch, sie schüttelte den Kopf. Die Streichhölzer müssten doch da sein!

Sie holte sich einen Stuhl und kletterte darauf, um besser sehen zu können. Aber die Streichholzschachtel lag wirklich nicht auf ihrem Platz.

Bestimmt habe ich sie beim Saubermachen mit weggeputzt, fiel ihr ein und sie machte sich auf den Weg nach draußen, dorthin, wo sie den Putzeimer ausgeschüttet hatte. Aber die Schachtel blieb verschwunden. Also setzte Jen ihre Suche in der Küche fort.

Derweil wurde es immer später und später.

Inzwischen hatten Erich und Walter draußen auf ihrer Insel versucht, eines der Streichhölzer zu entzünden, doch das wollte ihnen einfach nicht gelingen. Immer wenn die Flamme aus dem Hölzchen herausschoss, ließ Walter es vor Schreck fallen. So beschlossen sie, das mit dem Feuer erst einmal sein zu lassen und sich stattdessen einen neuen Vorrat Nüsse anzulegen.

Die Mittagsglocke läutete gerade, als sie sich zum dritten Mal Nüsse geholt hatten.

„Es gibt Essen", sagte Walter. „Komm, bevor Mutter schimpft." Er wollte seinen kleinen Bruder, der auf der Insel saß, hochziehen, da entdeckte er wieder die Streichholzschachtel, die unbeachtet im Gras lag.

„Die nehmen wir besser wieder mit zurück", beschloss er, „bevor Mutter noch etwas merkt."

Er steckte das Schächtelchen in seine Hosentasche, dann machten sich die beiden auf den Weg ins Haus. Schon im Flur hörten sie den Vater schimpfen. „Jetzt habe ich mich extra beeilt und das Essen ist immer noch nicht fertig."

„Ich konnte doch nichts kochen", entschuldigte sich die Mutter. „Ich hatte keine Streichhölzer."

Als Walter und Erich das hörten, beschlich sie ein mulmiges Gefühl.

„Das gibt großen Ärger", flüsterte Walter seinem Brüderchen zu. „Wenn Mutter erfährt, dass wir die Streichhölzer hatten."

„Lass mich nur machen", meinte Erich. „Gib mir die Streichholzschachtel." Walter war froh, dass er die Streichhölzer los war. Obwohl er nicht wusste, was sein kleiner Bruder damit vorhatte.

Kaum waren die beiden in der Küche, da bückte sich Erich unter die Eckbank. „Sieh mal Mutter, hier ist doch die Streichholzschachtel." Er hielt sie ihr hin.

„Das gibt es doch nicht, ich hatte die ganze Küche auf den Kopf gestellt und nichts gefunden."

„Dann hast du wohl nicht richtig gesucht", meinte Matz und schüttelte den Kopf. Dabei entging ihm nicht, dass seine beiden Buben sich verschmitzt zulächelten.

Ob die etwas mit den verschwundenen Streichhölzern zu tun hatten?, fragte er sich, sagte aber nichts.

So gab es heute nur kalte Küche und der geplante Schusterbesuch musste ausfallen.

Als Matz am Abend in die Scheune ging, um Holz zu hacken, staunte er nicht schlecht, denn auf der „Insel" lagen verstreut viele kleine abgebrannte Streichhölzer. Habe ich es mir doch gedacht, diese kleinen Rabauken. Er musste grinsen.

Walter und Erich kamen nicht ganz ohne Strafe davon. Denn am nächsten Tag gab es für sie wieder nur kalte Küche und sie mussten Mutters Schuhe vom Schuster abholen.

Das Vogelhaus

Lisa und Franz saßen beim Mittagessen. Es gab Linsensuppe mit Pfannkuchen wie jeden Donnerstag. Während Franz sich bereits den dritten Teller füllte, schaute Lisa zum Fenster hinaus. Es war ein kalter Wintertag und der Schnee hatte alles zugedeckt. Plötzlich meinte Lisa: „Die armen Vögel hüpfen im Schnee herum und finden nichts mehr zum Fressen."

„Die können gerne den Rest der Linsensuppe haben. Ich bin sowieso nach diesem Teller satt", lachte Franz.

„Spinnst du!", entrüstete sich Lisa. „Davon werden die doch krank."

„Du kannst ihnen ja ein paar Linsen- oder Weizenkörner aufs Fensterbrett streuen", sagte Franz. „Im Keller habe ich vorhin auch noch ein kleines Säckchen mit Sonnenblumenkernen gesehen."

Lisa schaute ihn entsetzt an. „Nein, die sind nicht für die Vögel gedacht. Die säe ich nächstes Jahr wieder im Garten aus. Auch das mit der Fensterbank kannst du vergessen. Bei dem Schnee versinken die Körner und die Vögel werden sie nicht finden. Du musst ihnen ein Häuschen bauen, aber so, dass der Schnee nicht ins Haus reinkommt. Sonst werden die Körner nass und das schmeckt den Tieren bestimmt nicht gut."

„Ein Vogelhaus?" Franz war empört, denn er war handwerklich nicht gerade begabt. Zudem hatte er überhaupt keine Lust, in den kalten Keller zu gehen.

„Ja, natürlich ein Vogelhaus. Holz haben wir doch genug im Keller. Am besten du fängst gleich damit an. Die Vögel haben schließlich Hunger."

„Gleich? Nein, erst werde ich mein wohlverdientes Mittagsschläfchen halten", entschied Franz und erhob sich um zur Couch zu gehen.

„Und die Vögel?" Lisa gab nicht auf.

„Die schlafen bestimmt auch zur Mittagszeit", meinte Franz nur und ließ sich auf die Couch fallen. Anschließend schnappte er sich die Decke und zog sie bis über die Ohren.

Lisa seufzte. „Aber gleich nach dem Mittagsschlaf legst du los mit dem Vogelhaus", kommandierte sie.

Doch das bekam Franz nicht mehr mit, denn er war schon eingenickt.

Aber er hielt Wort. Zwei Stunden später hörte man ihn unten im Keller sägen und klopfen.

Lisa freute sich und machte sich schon einmal auf die Suche nach Vogelfutter. Damit konnte dann das Häuschen, gleich nachdem Franz es aufgehängt hatte, gefüllt werden.

Es war schon später Nachmittag, als Franz endlich fertig war. Freudig betrachtete er sein Werk von allen Seiten und stellte fest, es sah gut aus, wenn auch etwas schief.

Egal, meinte Franz, wenn es den Vögeln nicht gefällt, dann sollen sie sich eben ihr Futter woanders suchen.

Er hatte das Häuschen gerade im Garten aufgestellt, da kam Lisa auch schon mit dem Futter.

„Was soll das denn?" Sie sah ihren Mann empört an.

„Das Loch ist doch viel zu klein. Da passen die Vögel nicht hindurch."

„Das kann nicht sein", meckerte Franz. „Ich habe doch extra den 3 cm Bohrer genommen. Sollen sie eben eine Schlankheitskur machen."

„Das wäre bei dir wohl eher angebracht", maulte Lisa zurück und erntete dafür einen verärgerten Blick von Franz.

„Ich habe das Loch extra so klein gemacht", verteidigte sich Franz, „damit kein Schnee ins Haus kommt, das wolltest du doch!"

„Ja, dass schon", entgegnete Lisa. „Aber durch das kleine Loch kommt nur wenig Licht ins Vogelhaus. So werden die Tiere die Körner nicht finden."

„Soll ich den Vögeln jetzt etwa auch noch Licht ins Häuschen legen? Etwa mit einer langen Stromleitung und einem Schalter?", entrüstete sich Franz.

„Was redest du da für einen Quatsch", sagte Lisa. „Ich möchte doch nur, dass das Loch ein wenig größer wird."

„Na gut", gab Franz schließlich nach. Er baute das Vogelhaus wieder ab und verschwand damit im Keller. Dort griff er zur Säge und schnitt ein großes Loch hinein.

„So, jetzt müsstet ihr genug Platz und Licht haben", grummelte er vor sich hin. Dann überlegte er, auch noch einen Schneeschutz zu bauen. Ließ es aber doch sein, denn dann würde das Haus ja wieder kleiner. Zufrieden ging er mit dem Vogelhaus in den Garten und stellte es unter dem Birnbaum auf. Dann füllte er das Futter, welches Lisa dort stehen gelassen hatte, ein.

„Der Tisch ist gedeckt. Auf zum großen Fressen!", rief er in den Garten hinein und ging wieder ins Haus zurück.

Nach getaner Arbeit beschloss er, sich erst einmal genüsslich eine Porz Viez zu genehmigen.

Franz hatte gerade zum Trinken angesetzt, da hörte er Lisas entrüstete Stimme aus der Küche: „Das darf doch nicht wahr sein! Franz, komm sofort her! Was hast du mit meinem Vogelhaus gemacht?"

Was will die denn schon wieder mit diesem blöden Vogelhaus? Der kann man aber auch überhaupt nichts recht machen, dachte Franz genervt. Er nahm schnell noch einen großen Schluck, bevor er sich erhob und zu Lisa in die Küche ging.

„Schau dir mal das Vogelhaus an!", schrie Lisa ihm zu.

„Ist dir das Loch etwa immer noch zu klein?", fragte Franz und betrat die Küche.

Lisa schüttelte den Kopf. „Sieh doch nur hin…"

Franz schaute nun ebenfalls aus dem Fenster und war verblüfft. Statt der Vögel saß nun ihre Katze Minka im Häuschen drin.

Bei den Irscher Platt Gedichten werden die Wörter mit einem unterstrichenen A̱ wie das Ä in Ärger, bei einem unterstrichenen Ö̱ wie das Ö in Örgelchen und bei einem unterstrichenen O̱ wie das O in Orgel ausgesprochen.

Datt viagezoränä Chröstdahchgeschänk
Das vorgezogene Weihnachtsgeschenk

Kurz via Chröstdahch rännt ätt Maria dä Ga̱rijäwähsch ähh ro̱f,
Kurz vor Weihnachten rannte Maria die Georgstraße hinauf und dann,
du ass ätt do̱ ohff ätt Pöttschäss Tilli getro̱f.
dabei traf sie dort Willems Tilli an.
„Gut, datt äisch däisch hei träafänn", männt ätt Tilli du,
„Gut, dass ich dich hier treffe", hörte sie Tilli sagen,
„dä Pättda dä löst mia nämlich ka̱n Ruh.
„der Petter lässt mir keine Ruhe, ich muss dich etwas fragen.

Hänn hätt dänn Alfons gössda mamm großä Paget gesiehn,
Als er gestern nämlich vor dem Haus spazieren geht,
datt wiads do̱u wö̱hll vö̱mm Chröstkinnschi krien."
sah er deinen Alfons mit einem Paket."
Ätt Tilli kuckt ätt Maria vuawötzisch änn.
Tilli schaut vorwitzig zu Maria hin.
„Watt mä̱ns dä, wia ann dämm Päckschi dränn?"
„Was glaubst du, ist in dem Päckchen drin?"

„Datt kann äisch dia sön", männt ätt Maria.

„Das kann ich dir sagen", meinte Maria doch glatt.

„Ätt Päckschi ass schohnn nomöl ohmm Wähsch no Triea."

„Alfons ist mit dem Paket wieder zurück in die Stadt."

„Ass ätt Gewass?" Ätt Tilli kont datt nöt vastehn.

„Sag nur?" Tilli konnte das nicht verstehen.

„Dass doch noch nött Chröstdahch, wie kann datt gehn?"

„Es ist doch noch gar nicht Weihnachten, wie kann das gehen?"

„Biss Chröstdahch, datt woa ämm Alfons zähh lang,

„Bis Weihnachten, das war Alfons zu lang", sagte Maria ganz unbefangen.

dänn hätt ätt du gössda schohnn ohff gehang."

„So hat er mein Geschenk gleich aufgehangen."

„Ohff gehang? Häss dä nau Gardeinä kriet,

„Aufgehangen? Hast du neue Gardinen bekommen?

odda änn Kräll odda villäischt nau Hiet?"

Oder hat Alfons für dich eine Kette oder einen Hut mitgenommen?"

„Gardeinänn, Krällänn, datt hätt dänn Alfons gestrisch,

„Gardinen, Ketten, daran hat der Alfons nicht gedacht,

äisch hänn ähh Beula kriet, viea an dä Kisch."

für die Küche hat er mir einen Boiler mitgebracht."

„Ähh Beula? Datt hänn äisch jo noch nie gehiat?

„Einen Boiler? Habe ich da richtig gehört?

56

Dass do̱ch nött gefährlich?" Ätt Tilli ko̱ukt ganz vastiat.

Das ist doch nichts Gefährliches?" Tilli schaute ganz verstört.

„Nee, dass ähh Kassdänn, do̱ kömmt Wahßa ränn,

„Nein, das ist ein Kasten, da kommt Wasser hinein und dann,

ohnn datt fänckt do̱ sä ko̱hchänn änn.

fängt es dort auch gleich zu kochen an.

Dänn Alfons hätt gesö̱t, datt gädd ruckzuck,

Alfons sagte, das ginge ruckzuck

ohh schohnn häss dä Wahßa via dä Muckefuck."

und man hätte Wasser für den Muckefuck (Kaffee)."

„Ass ätt wo̱a?", staunt ätt Tilli, „datt wia äppäss via mäisch.

„Stimmt das?", staunte Tilli, „So einen möchte ich auch erstehen.

Äisch schehckänn dätt Pättda an dä Stad, ähh wei gläisch."

Petter soll uns sofort einen Boiler kaufen gehen."

„Do̱ vö̱nn rö̱dänn äisch dia o̱p.

„Davon rate ich dir ab.

Dänn Alfons ass nämlich no̱mö̱l an dä Stad ähh ro̱p.

Alfons ist nämlich schon wieder in die Stadt hinab.

Dä brengt dä Beula zohcks zärek.

Er bringt den Boiler zurück.

Do matt hattä mia kä Glek.
Damit hatten wir kein Glück.
Koum hätt dänn an da Wand gehang,
Kaum hat er an der Wand gehangen,
du ass do ohch schohnn näist me gang.
da ist am Boiler nichts mehr gegangen.

Bestömmt zwannzisch Möl daut hänn dä Stäcka rous ohh ränn,
Bestimmt an die zwanzig Mal zog Alfons den Stecker raus und drückt ihn rein ganz flugs,
äwa dä Beula gät einfach nött änn."
aber der Boiler, der tat keinen Mucks."
„Dia Kanna ohnn dia Lait, watt sohll äisch dozu sön?
„Ihr Kinder und ihr Leute, was soll ich dazu nur sagen?
Da woa dänn Alfons bestömmt ganz geschlön?"
Dann war der Alfons bestimmt ganz geschlagen?"

„Jo, dänn hätt dä Beula vönn da Wand gerohppt
„Ja, er hat den Boiler von der Wand gerissen,
ohnn zohcks an dä Kadong gestohpt.
und ihn schnell in den Karton geschmissen.
„Morriänn", sät hänn du, „wiad äisch nomöl an dä Buddick maschiaränn,
„Morgen", meinte er dann, „werde ich zu dem Geschäft rennen,
datt Fräulein do wiad mäisch kännä liaränn."
Die Verkäuferin dort, die lernt mich dann richtig kennen."

58

**„Da bleiwä mia doch liwa beim Päifäkähsäll",
mänt ätt Tilli du.**

„Dann bleibe ich doch lieber beim Pfeifenkessel", sagte
Tilli in aller Ruh.

„Jo", stömmt ätt Maria himm zu.

„Ja, mach das", stimmte Maria ihr nun zu.

**Wie dänn Alfons zärek kohmm ass woa ätt
schohh sped,**

Es war schon spät, da kam der Alfons nach Haus,

ähh schläischt and Hous önnam Ärm ähh Paged.

ein Paket schaute unter seinem Arm heraus.

**Gät an dä Kisch, räißt ätt ohff ohh gräift ähh
ränn,**

Er ging in die Küche, riss es auf, griff hinein.

ätt Maria sieht, do ass ähh Beula dränn.

Maria sah, da war ein Boiler drin, ganz allein.

**„Alfons, dou häss doch gesöt, dou brengs dänn
zärek.**

„Alfons, du hast doch gesagt, du bringst den zurück.

Hatts dä do mamm Omtousch kä Glek?"

Hattest du mit dem Umtausch kein Glück?"

Ätt Maria koukt hänn ganz vawohnnad änn.

Maria schaut Alfons ganz verwundert an.

**„Oh, hia ma blös ohbb", hätt dänn Alfons nua
vönn säisch gänn.**

„Oh hör mir bloß auf", meinte der dann.

„Die hätt usä Beula an dä Stäcka gehang

„Die hat unseren Boiler an den Strom gehangen,

ohh watt sohll äisch sön, dänn ass du gang."

und was soll ich sagen, das Ding ist gegangen."

„Datt göhdd ätt doch nött", reescht ätt Maria säisch ohff.

„Das gibt es doch nicht", regte Maria sich auf.

„Bestömmt hätt die änn Trehck noch drohff."

„Bestimmt hatte die Verkäuferin einen Trick noch drauf."

„Dovia hänn äisch du ohch matt hia geschännt

„Dafür habe ich dann auch geschimpft mit ihr,

ohnn du hätt die doch ganz schnippisch gemännt:

da meinte sie doch ganz schnippisch zu mir:

„Hätten sie mal in die Gebrauchsanleitung gesehen,
dann würde jetzt auch ihr Boiler gehen.
Denn da steht es schwarz auf weiß,
nur wenn man vorne den roten Knopf drückt, wird der
Boiler auch heiß!"

Der Engel auf dem Misthaufen

Es war eine kleine Clique, die sich aufmachte, um in einem Dorf Geburtstag zu feiern. Sie bestand hauptsächlich aus Arbeitskolleginnen des Geburtstagskindes. Mit von der Partie waren die rothaarige Britta, die zierliche Lea mit ihren langen, blonden Haaren, die schwarzhaarige Paula und noch einige andere Mädchen. Sie hatten sich alle fein herausgeputzt. Besonders Lea, die ein langes, weißes Kleid trug.

Als sie in dem kleinen Dorf ankamen, wurden sie herzlich von der Verwandtschaft des Geburtstagskindes Vroni empfangen. Und natürlich von den einheimischen Jungen beäugt, was den Mädchen aus dem Dorf wohl nicht so recht gefallen hatte.

Es wurde ein lustiger Abend, der aus Essen, Trinken, Tanzen und fröhlichem Beisammensein bestand.

Gegen Mitternacht kam dann einer auf die Idee, einen Nachtspaziergang durch den Ort zu machen. Alle waren einverstanden und gleich ging es los.

Es war eine kalte Vollmondnacht kurz vor Weihnachten. Der Wind wehte sacht und nur einige kleine Wölkchen zogen vorüber. Da man vorher gut gebechert hatte, ließ es sich nicht vermeiden, dass die anderen Dorfbewohner die kleine Prozession bemerkten, die laut schwatzend und grölend durch den Ort zog. Das Dorf war aber nicht besonders groß und so kehrten die Feiernden schon nach einer halben Stunde wieder ins Haus zurück.

Nun war es wieder ruhig in dem kleinen Ort. Aber drinnen im Haus des Geburtstagskindes wurde munter weitergefeiert.

Plötzlich sah Paula sich verwundert um. „Wo ist denn Lea? Die war doch eben noch neben dir, als wir durch die Straßen gezogen sind."

„Ja, das stimmt", gab Vroni zu. „Aber ich musste kurz stehen bleiben, weil mein Schnürsenkel sich löste und dann war sie plötzlich weg. Ich dachte, sie sei bei dir."

„Nein", sagte Paula.

„Dann müssen wir sie suchen. Nicht dass sie sich verlaufen hat." Britta war ganz mulmig zumute.

Vroni aber lachte: „In unserem kleinen Ort kann man sich nicht verlaufen."

„Trotzdem sollten wir nach ihr sehen", schlug Paula vor. „Nicht, dass ihr schlecht geworden ist."

„Na gut! Ich komme mit. Sonst geht ihr uns auch noch verloren." Vroni hakte sich bei Paula und Britta unter. „Wir sind gleich zurück!", rief Vroni ihren Gästen zu. „Feiert schön weiter."

Die drei waren gerade vor die Tür getreten, da kam ihnen Jupp, der Bauer aus der Trierer Straße aufgeregt entgegen.

„Das gibt es nicht! Das gibt es nicht!", brüllte er dabei laut und schüttelte immer wieder den Kopf.

„Was gibt es nicht, Jupp?" Vroni sah ihn fragend an.

„Das, das glaubt ihr mir nicht", stotterte der Bauer. „Ich habe einen Engel gesehen."

Die drei konnten ihr Lachen kaum unterdrücken.

„Jupp, du hast wohl zu viel Schnaps gesoffen", meinte Vroni.

„Nein, keinen einzigen Tropfen", behauptete Jupp.

„Kommt doch mit und seht selbst. Der Engel steht auf meinem Misthaufen."

„Ja, wir kommen mit", meinte Vroni schließlich. „Damit du beruhigt bist. Das war bestimmt nur ein Schatten, den du gesehen hast."

„Nein, es war kein Schatten. Es ist ein Engel. Er hat goldene Haare und trägt ein langes Gewand."

Die beiden folgten dem Bauern zu seinem Haus, wohinter sich der Misthaufen befand. Als sie um die Hausecke bogen, erschraken sie, denn da stand wirklich eine Gestalt, so wie der Bauer behauptet hatte. Im Schein des Mondes leuchteten ihre langen Haare ganz golden und ihr weißes Gewand bewegtes sich leicht im Wind.

„Da, da steht der Engel. Und, glaubt ihr mir jetzt?" Jupp faltete andächtig die Hände zum Gebet.

„Das gibt es doch gar nicht?" Vroni ging näher an den Misthaufen heran, um besser sehen zu können. Auf einmal fing sie laut an zu lachen.

„Jupp, auf deinem Mist steht kein Engel mit goldenem Haar. Nein, das ist unsere Lea."

Jupp aber war immer noch ganz verzückt. Er schaute seinem Engel, der sich nun zusammen mit den anderen Mädchen entfernte, noch lange hinterher. Jupp konnte nicht glauben, dass es kein richtiger Engel gewesen war, den er da gesehen hatte.

Die Geschichte vom Engel auf dem Misthaufen verbreitete sich wie ein Lauffeuer im Ort und der arme Jupp musste nun so manche Hänselei ertragen.

Der gute Haferbrei

Lang, lang ist's her, als meine Großtante Maria ihr zweites Kind bekam. Wie es damals von der Hebamme empfohlen wurde, sollte sie einige Tage im Kindbett verbringen. Ihre Schwester, also meine Oma Jen, half deshalb in der kleinen Familie aus. Sie kochte und putzte, aber das ging nicht immer. Sie hatte ja auch für ihre fünf Kinder und den Mann zu sorgen. So erledigte sie die wichtigsten Arbeiten am Morgen, wenn die zwei großen Kinder in der Schule waren. Die jüngeren versorgte die Nachbarin.

„Kommst du auch allein zurecht?", fragte Jen mit etwas schlechtem Gewissen. „Wenn etwas ist, gib mir Bescheid." Sie wohnten ja nicht weit voneinander entfernt.

„Das mache ich. Aber es wird schon gehen", entgegnete Maria. „Zudem kann Schorsch mir ja helfen. Er wird wohl gleich aus dem Weinberg zurückkommen."

Jen wickelte noch rasch das Neugeborene und machte sich dann auf den Weg nach Hause.

Gegen Mittag traf Schorsch endlich ein.

„Gut, dass du kommst", rief Maria ihm zu. „Ich habe nämlich großen Hunger."

Schorsch trat zu ihr ins Zimmer. „Ich wasche mir noch rasch die Hände. Was soll ich dir denn bringen?" Er schaute sie fragend an.

„Ich habe Lust auf Haferbrei", erwiderte Maria.

„Haferbrei?" Schorsch überlegte. „Ja, den kann ich dir gerne machen."

Die Zeit verging…

„Schorsch, kommst du klar?", rief Maria ungeduldig. „Du musst…"

„Ich bin ja schon fertig." Es hatte eine volle Stunde gedauert, bis Schorsch schließlich mit dem Brei ankam. Behutsam stellte er die große Suppenschüssel mit den blauen Blümchen auf dem Nachttisch ab. Den Löffel legte er daneben.

„Kommst du so zurecht?", fragte er. „Ich wollte nämlich noch rasch nach den Hühnern sehen."

„Ja, geh du nur", meinte Maria.

Sie hatte sich riesig auf den Haferbrei gefreut, doch als sie den ersten Löffel probierte, verzog sie angeekelt das Gesicht.

Das ist ja nur heißes Wasser mit Haferflocken, dachte sie entsetzt. Und dann auch noch ganz ohne Gewürze. Sie legte den Löffel zurück. Nein, entschied sie, den kann ich nicht essen.

Sie musste dann wohl eingeschlafen sein, denn als sie wieder aufwachte, waren die Schüssel und der Löffel verschwunden.

Am Abend, als Schorsch ihr ein Brot brachte, fiel ihr ein: „Sag mal, was hast du eigentlich heute Mittag gegessen?"

„Deinen Brei", antwortete Schorsch. „Du hattest ja so viel übriggelassen."

„Den Haferbrei?", fragte Maria entsetzt. „Und, wie hat er dir geschmeckt?"

Sie konnte es nicht glauben, dass Schorsch dieses wässrige Hafergemisch aß.

„Oh, der hat lecker geschmeckt", erklärte er.

„Wie, der hat lecker geschmeckt?", wunderte sich Maria.

„Der Brei war richtig gut." Schorch rieb sich über den Bauch. „Ich habe ein Stück Butter dazu getan, ihn gut gewürzt und noch ein paar Eier darüber geschlagen."

Ätt Häxännheißi
Das Hexenhäuschen

**„Geh da matt bei ätt Zilla ätt Häxännheißi kuck-
änn?",**
„Wollte ihr mit zu Tante Zilla gehen?
frähscht ätt Maria sein Brieda, die lo huckänn.
Ich will mir ihr Hexenhaus ansehen."
„Wie? Ätt Zilla wönnt amm Häxänhous?",
„Wie? Die Zilla wohnt in einem Hexenhaus?",
laacht dänn Ear sein Schwässda ous.
lachte der Erich seine Schwester aus.

**„Ätt Maria mänt bestömmt vömm Hous dä
Schob",**
„Maria mein bestimmt, wir sollen uns den Stall ansehen",
winkt dä klänä Waltda op.
gab der kleine Walter seinem Bruder zu verstehen.
„Nä!", sön du die Zween.
„Nein!", meinten die beiden dann.
„Do hi kanns dä ohnä us gehn."
„Sieh dir das doch alleine an."

„Dann nött!" Ätt Maria läft zua Kisch ähh rous.
„Dann eben nicht!" Maria lief aus der Küche hinaus.
**„Dahh koukänn äisch ewänn alän datt Läfkoh-
chänn Hous."**
„Dann schaue ich eben alleine nach dem Lebkuchenhaus."
**„Läfkohchänn?" Dä Waltda sprengt ohff ohh
sippt zua Dia,**
„Lebkuchen?" Walter sprang begeistert auf

68

ohnn dänn Ear köhmmt hanna himm sia.
und Erich folgte in schnellem Lauf.

„Woat Maria, bleif doch stehn!
„Warte, Maria, bleib doch stehen!
Mir zween, mia wöhllä matt dia gehn."
Wir beide wollen mit dir gehen."
Sia schloufänn sä an dä Jackänn ähh ränn,
Schnell kuschelten sie sich in ihre Jacken ein,
ohnn ziehänn noch hia Stiwällschja änn.
und schlüpften in die Stiefel hinein.

„Säätzt noch sia dä Kaapänn ohff!",
„Setzt noch schnell die warmen Mützen auf!",
komandiat ätt Maria, „soss krie ma ähnänn drohff.
kommandierte Maria. „Sonst bekommen wir einen drauf.
Ohh bönnt dä Schaal noch ohmm."
Und bindet auch den Schal noch um."
Du göhdd ätt ämm Waltda doch zä dohmm.
Das wurde dem Walter nun zu dumm.

„Äisch brouch kä Schaal, äisch krie scho kän Fräck.
„Ich brauche keinen Schal, ich werde nicht krank!",
meinte er keck.
Kohmmt wei, soss fräaßänn die annaränn dä Läf-kohchänn wäck."
„Komm endlich, sonst essen die anderen uns den Lebku-
chen weg."

Sö ass ätt Maria dann Hand an Hand,

So war Maria Hand in Hand

matt seinänn Briedan no͝ Fölsch gerannt.

mit ihren Brüderchen nach Filsch gerannt.

Am Fölscha Heißi wo͝a haut vill Betrieb

Im Filscher Häuschen war heute viel Betrieb

ohnn dä Besuch ämm Zilla go͝a nött lieb.

und ihr Besuch der Zilla gar nicht lieb.

„Dia Kanna", mänt ätt, „haut assd schläscht,

„Ihr Kinder", meinte sie, „heute ist es schlecht,

kem dia änn anna Mö͝l, wia mia datt räscht."

kämt ihr ein anderes Mal, wäre mir das recht."

„Mia kohmmänn do͝ch nua wejänn dämm Läfkoh-chänn Ho͝us",

„Wir kommen doch nur wegen dem Lebkuchenhaus",

platzt dä Waltda du ähh ro͝us.

platzte da der Walter heraus.

„Gut! Dahh geht matt an dä Stuff ähh ränn.

„Gut, kommt mit, in die Stube hinein,

Äwa nua ko͝ukänn, paagt jo͝ näist änn!

aber nur schauen, lasst das Anfassen sein.

Die Fölscha Kanna wo͝aränn dä mo͝rriänn scho kohmm,

Die Filscher Kinder haben sich das Haus heute Morgen schon angesehen,

äisch muss zärek, kuckt äisch ruhsch ohmm.

schaut euch nur um, ich muss leider gehen.

70

Wie ges<u>ö</u>t, paagt näist änn!"

Aber wie schon gesagt, fasst nichts an!"

„J<u>o</u>", vasprischt ätt Maria, „ma gehn nött dränn."

„Schon gut!", versprach Maria, „wir gehen an nichts dran."

Die zween stehn wei matt offänänn Meilan viam H<u>ou</u>s.

Die beiden Brüder standen mit offenem Mund vor dem Lebkuchenhaus.

Sö dohll sieht datt Heißi <u>ou</u>s.

So wunderschön schaute das Häuschen aus.

Alläss <u>ou</u>s Läfkohchänn, sö wie ätt säisch gehiat,

Aus Lebkuchenteig war alles gemacht

ohh scheen matt Zohgaguss vaziat.

und weißer Zuckerguss wurde drauf angebracht.

Damatt ätt H<u>ou</u>s ohch zäsammänn haalä sohll,

Damit das Haus auch trutze jeglicher Gefahr,

d<u>o</u> fia hat ätt Zilla N<u>ö</u>dälln ohh Spengälln gehohll.

es mit vielen Nadeln zusammengesteckt war.

Ohnn owänn ohmm Dahränn w<u>o</u>a ähh Schuschdänn zä siehn,

Und ganz oben auf dem Dach vom Lebkuchenhaus,

<u>ou</u>s dämm ohch n<u>o</u>ch ganz dek Wattwolkänn ziehn.

thronte der Schornstein, Wattewolken kamen heraus.

Ämm Waltda ass ätt ganz anschda gänn,
Der Walter hatte plötzlich großen Hunger bekommen,
wie gäa deed hänn wei ähh Stehck lo vönn hänn.
wie gerne hätte der sich jetzt ein Lebkuchenstück genommen.
„Maria", pösspatt änn, „kann äisch bössi Läfkohchänn krien?"
„Maria", flüsterte er, „kannst du mir ein Stück davon holen gehen?"
„Nä!", säd ätt Maria, „ätt Zilla deet datt siehn.
„Nein!", sagte Maria, „Die Tante würde das doch sehen.

Kohmmt, geh ma an dä Wiatschaft ähh ränn,
Kommt gehen wir zurück zur Wirtsstube", sagte sie zu den Knaben.
bestömmt wiad Tant Zilla us noch Läfkohchänn gänn."
„Tante Zilla wird bestimmt ein Lebkuchenstück für uns haben."
„Oh", säd ätt Zilla du, „wöhll dia scho gehn?
„Oh", meinte Tante Zilla, „wollt ihr etwa schon gehen?
Gäll, mäin Häxänheißi datt ass doch scheen.
Hat mein Hexenhäuschen nicht toll ausgesehen?

Woat, dia Kanna!" Du ass dä Tant
Wartet, ihr Kinder", meinte die Tante.
sia noch hanna dä Thek gerannt.
Schnell dann hinter die Theke sie rannte.
„Wei", freut sisch dä Waltda, „krie ma us Läfkohchähh Stek."
„Jetzt", freute Walter sich, „bekomme ich mein Lebkuchenstück."

Du kömd ätt Zilla ohch schohnn zärek.
Da kam die Tante auch schon wieder zurück.

Ohnn drekt du jedämm Kannd
Und sie drückte jetzt jedem Kind
ähh schrompällijänn Apäll an dä Hand.
einen schrumpeligen Apfel in die Hand geschwind.
Dä Waltda ko̱ukt ätt Zilla groß änn,
Walter schaute ganz enttäuscht drein,
ähh wold do̱ch gäa ähh Läfkohchänn hänn.
das sollte doch ein Lebkuchenstück sein.

Du köhmmt himm ohff ämo̱l änn Idee zugeflo-
ränn.
Da kam ihm auf einmal eine Idee zugeflogen.
„Äisch hänn äppäss an da Stuff vagäas", hätt
hänn du geloränn.
„Ich habe etwas in der Stube vergessen", hatte er gelogen.
Läft ähh ro̱us ohh bössi speda sieht ma hänn no̱-
mo̱l do̱ stehn.
Eilig rannte er aus der Wirtsstube hinaus,
„Sö", grinst dä Waltda, „wei köhnnä ma gehn."
kam grinsend zurück: „So, jetzt können wir nach Haus."

O̱mäns gäd ätt Zilla an dä Stuff ähh ränn,
Am Abend sah man Zilla in die Stube gehen,
do̱ stät säi wonnascheen Häxännho̱us dränn.
um sich ihr Hexenhaus anzusehen.
Ätt Zilla ko̱ukt sisch stolz säin Heiß änn,
Doch wie sie so starrte auf das Häuschen drauf,
du ass ätt ohff ämo̱l stutzisch gänn.
da fiel ihr auf einmal erschrocken auf:

Weil owänn ohmm Dahränn vömm Häxännhous,
Oben auf dem Dach vom Hexenhaus,
köhmmt wei dä Qualm ous ämm Apäll ähh rous.
kam jetzt der Qualm aus einem Apfel heraus.

Der schöne Schneemann

Schon seit Tagen fegte der Wind den Schnee ums Haus, da war es besser in der warmen Stube zu bleiben. Die fünfjährige Resemie hatte sich einen Stuhl zurechtgerückt und drückte sich nun am Fenster die Nase platt. Erst sah sie staunend den wirbelnden Schneeflocken zu, bis ihr das zu langweilig wurde. Sie kletterte vom Stuhl herunter und tappte zu ihrer Mutter.

„Mama, können wir bitte einen Schneemann bauen?", bettelte Resemie. Sie griff nach ihrem Bärchen Karlchen, packte es in ihren Schal und machte sich auf den Weg zur Tür.

„Halt, wo willst du denn hin? So kannst du doch nicht nach draußen gehen. Da muss man erst die Wintersachen anziehen. Und alleine gehst du mir sowieso nicht vors Haus. Ich schau mal, ob der Papa mit dir kommt." Die Mutter ging zu ihrem Mann, der sich ein wenig hingelegt hatte, um sein Mittagsschläfchen zu halten.

„Alfons", sie rüttelte ihn an der Schulter. „Resemie möchte einen Schneemann bauen. Gehst du mit ihr in den Garten?" Maria wusste, dass Alfons seiner kleinen Tochter keinen Wunsch abschlagen konnte.

„Natürlich", sagte er auch sofort und stand auf. „Ich mach mich rasch fertig."

Nur wenige Minuten später standen die beiden im Garten. Bärchen Karlchen wurde von Resemie an den großen Kirschbaum gelehnt. Von dort konnte er ihnen beim Bauen zusehen.

Der Schnee pappte gut. Gleich hatte Alfons drei große Kugeln gerollt, die er übereinander setzte. Zwei für den Rumpf und eine für den Kopf. Es sollte ein großer Schneemann werden. Resemie hatte in der Zwischenzeit zwei kleinere Rollen für die Arme gemacht, die der Papa sogleich anbrachte.

„Jetzt fehlt noch ein Hut", stellte Resemie fest.

„Dafür könnten wir den Kohleeimer holen", meinte Alfons. „Aber lass dich nicht von Mama erwischen, sonst meckert sie nachher mit mir. Bring dann bitte noch ein paar Kohlen für Augen und Knöpfe mit. Einen Besen brauchen wir auch noch. Damit der Schneemann Schnee fegen kann. Ich schau mal, ob ich eine Möhre im Vorratskeller finde, das wird dann die Nase."

Gleich darauf stand ein mannshoher stattlicher Schneemann da.

„Oh, Papa", freute sich Resemie, „das ist der allerschönste Schneemann auf der ganzen Welt!"

Schnell rannte sie zu ihrem Bärchen, um ihm den Schneemann zu zeigen.

„Ja, er ist wirklich schön geworden", erwiderte Alfons. „Aber jetzt gehen wir besser zurück ins Haus. Es wird schon gleich dunkel und dir ist doch bestimmt kalt."

Resemie nickte. „Aber morgen, da besuchen wir den Schneemann wieder, gell Karlchen?"

Inzwischen waren drei Tage vergangen. Jeden Tag hatten Resemie und ihr Karlchen den Schneemann besucht und sich über ihn gefreut.

Als sie wieder einmal mit ihrem Bärchen zum Schneemann kam, standen ihre beiden Cousins Pauli und Karli dort.

„Du hast aber einen schönen Schneemann", staunte Pauli.

„Aber Schlitten fahren kann man hier nicht mehr", bedauerte Karli. „Der ganze Schnee ist für den Schneemann drauf gegangen. Dabei hätte man hier eine schöne, lange Rodelbahn bauen können. Sie würde von der Straße bis in den Garten reichen."

„Das stimmt", bemerkte Resemie jetzt erst. „Papa hat so viel Schnee gebraucht, sonst wäre der Schneemann nicht so groß geworden."

„Schade", sagte Karli, „dann müssen wir uns eben eine andere Rodelbahn suchen." Er machte kehrt und Pauli folgte ihm.

Traurig schaute Resemie den beiden hinterher. Plötzlich aber hatte sie eine Idee.

„Wartet!", rief sie ihnen zu. „Dann machen wir uns eben Schnee."

Pauli und Karli blieben stehen.

„Wie soll das denn gehen?", fragte Pauli.

„Ganz einfach." Resemie lief in den Keller und kam mit zwei Schaufeln zurück. Die drückte sie den Jungen in die Hand. Anschließend besorgte sie noch einen Rechen und setzte ihr Bärchen auf Paulis Schlitten.

Dem Schneemann wurde Angst und Bang. Er wusste, nun ging es ihm an den Kragen.

Gleich schlug Karli ihm auch schon den Kopf ab. Der Hut rollte von dannen und die Kohleaugen hinterher. Während die Jungen Arme und Bauch zerstörten, brachte Resemie ihrem Meerschweinchen die Möhrennase.

Als sie wieder zu den beiden zurückkam, war von dem Schneemann nur noch ein riesiger Haufen Schnee übriggeblieben. Den drückten die drei nun platt, damit der Schlitten auch gut darüber gleiten konnte.

Sie hatten gerade mit dem Rodeln angefangen, als sich auf einmal die Haustür öffnete. Es war Alfons, der nach seinem Mädchen schauen wollte. Er blickte zum Garten hinunter und glaubte, nicht richtig zu sehen. Wo war sein schöner Schneemann geblieben?

Da entdeckte er die Schaufeln und den Rechen. Die hatten die Kinder noch nicht weggebracht, weil sie erst einmal Schlittenfahren wollten.

„Wart ihr das? Habt ihr den schönen Schneemann zerstört?" Er blickte die Jungen verärgert an.

Diese waren ganz verlegen. Schnell, bevor es Ärger gab, machten sie sich mit ihren Schlitten aus dem Staub.

Oh je, jetzt hatte auch Resemie die Situation erkannt. Rasch holte sie ihr Bärchen auf den Arm. Denn zu zweit, dachte sie, lässt sich Papas Schimpfe besser ertragen.

„Warum habt ihr unseren schönen Schneemann kaputt gemacht?", fragte Alfons immer noch wütend. „Dafür habe ich mich so geplagt."

Resemie lief zu Alfons und nahm seine Hand.

„Nicht böse sein, Papa", sagte sie beschwichtigend.

„Mein Bärchen ist an allem Schuld. Karlchen wollte keinen Schneemann mehr haben, der wollte lieber eine Rodelbahn."

Die vorwitzigen Kinder

Gut gelaunt kam Hilde zur Küchentür herein. „So, jetzt habe ich endlich alle Weihnachtsgeschenke gekauft."

„Hat ja lange genug gedauert. Ich habe Hunger. Wann gibt es was zum Essen?" Hans stellte seine Kaffeetasse ab.

„Du hättest ja schon mal damit anfangen können", sagte sie. „Aber ich stelle die Suppe gleich auf."

Rasch schob Hilde den Topf mit der Nudelsuppe, die sie am Morgen schon vorbereitet hatte, auf den Herd. „Wir können gleich essen", meinte sie dann zu ihrem Mann. „Ich muss nur noch schnell die Geschenke wegbringen. Sonst wissen die Kinder gleich, was sie vom Christkind bekommen."

Hans knurrte leise, während seine Frau die Geschenke nach oben brachte. Dort angekommen, zog sie sich erst einmal um und dann machte sie sich daran, die Päckchen zu verstecken. Das war gar nicht so einfach und nahm viel Zeit in Anspruch. So kam es dann auch, dass sie darüber ihre Suppe vergaß. Als sie wieder in die Küche kam, war diese voller Dampf. Hans hatte davon wohl nichts mitbekommen, denn der saß auf seinem Stuhl und schnarchte vor sich hin.

„Sag mal, Hans!" Sie rüttelte ihn am Arm. „Kannst du nicht zwei Minuten auf die Suppe aufpassen?"

„Zwei Minuten?" Hans zeigte auf die Uhr. „Du warst eine ganze Stunde weg. Was hast du denn so lange oben gemacht?"

„Ich habe die Geschenke versteckt", erwiderte Hilde und holte die Teller aus dem Schrank. „Es war gar nicht so einfach, das passende Versteck zu finden."

„Und du meinst, dass die Kinder die Geschenke nicht finden werden?" Hans war sich da nicht so sicher. „Sie kamen dir noch immer auf die Schliche."

„Wo hättest du die Päckchen denn versteckt?", fragte Hilde. „Bestimmt bei deinem Kumpel Franz, oder?"

„Nein, ich würde sie in die große Schublade der Wäschetruhe legen", erklärte Hans.

Hilde lachte. „Da schauen die Kinder doch immer zuerst nach."

Doch Hans winkte ab. „Lass mich nur machen. Denen wird das Vorwitzen noch vergehen."

Hilde schaute ihn ungläubig an, sagte aber nichts.

Zwei Tage später hörte Hans wie die Kinder die Treppe hinaufschlichen.

Ob die jetzt nach ihren Geschenken suchen?, fragte er sich. Hans ging der Sache nach. Und wirklich, Klaus und Lotte verschwanden gerade im Schlafzimmer, als er die Treppe hinaufkam. Neugierig blieb er dort vor der Tür stehen und lauschte.

Auf einmal vernahm er ein Klacken und gleichzeitig schrien die beiden laut auf. Dann rannten sie an ihm vorbei und stürmten aus dem Haus.

„Was ist denn da los?" Hilde kam herbeigeeilt, in der Hand noch den Kartoffelstampfer, den sie eben abspülen wollte.

„Nichts", beruhigte sie Hans. „Ich habe unseren Kindern nur das Vorwitzen abgewöhnt."

„Wie hast du das denn gemacht?" Hilde schaute ihn verwundert an. „Hast du sie etwa erwischt?"

„Nein, das nicht." Hans grinste. „Aber die Mausefalle in der Schublade, die hat zugeschnappt."

Der gute Wildschweinbraten

Wildschweinbraten ist eine leckere Sache, aber ziemlich teuer. Umso schöner, wenn man ihn umsonst haben kann. Aber immer der Reihe nach:

„Nun mach doch mal!" Franz angelte den Autoschlüssel vom Haken. „Ich muss pünktlich zum Skispringen wieder zu Hause sein."

„Du mit deinem Skispringen", schimpfte Afra und zog ihre Schuhe an. „Das wird doch sowieso noch dutzendmal wiederholt."

„Ich möchte aber sofort wissen, wie gut die Deutschen gesprungen sind. Sonst ist das uninteressant", entgegnete Franz.

„Wir müssen doch zum Metzger und zum Bäcker", erklärte Afra, „das geht schnell. Ich will nur die Sachen für Weihnachten bestellen."

„Das sind doch noch zwei Wochen!", entgegnete Franz.

„Die gehen schnell vorbei", meinte Afra. „So brauche ich daran nicht mehr zu denken und kann sie auf meiner Liste abhaken."

„Na, wenn's denn sein muss", knurrte Franz.

„Aber wir fahren nicht mit!", nörgelte Peter.

„Nein, du kannst mit deinem Bruder so lange fernsehen. Aber nicht streiten, hört ihr!", sagte Afra.

„Ja, Mama!", kam es zweistimmig von der Couch.

Bald darauf saßen Franz und Afra im Auto und fuhren die Dorfstraße hinunter. Franz, der es ja etwas eilig hatte, drückte aufs Gas.

„Du musst nicht so rasen!", beschwerte sich seine Frau.

„Doch, das muss ich", erwiderte Franz und fuhr noch einen Zacken schneller.

„Franz, ich will heil ankommen!", rügte ihn Afra, „zudem gibt es hier Wildschweine."

„Doch nicht zu dieser Zeit!", behauptete Franz. „Die kommen frühmorgens zum Fressen und vielleicht noch am späteren Abend, aber nicht nachmittags."

Franz hätte besser auf seine Frau gehört. Denn als er kurz vor Olewig um die Kurve fuhr, kreuzte ein Wildschwein die Fahrbahn. Er konnte zwar noch bremsen, aber erwischte das Tier trotzdem.

„Habe ich es dir nicht gesagt!", tönte Afra.

„Ja, ja, ist doch nichts geschehen", meinte Franz und versuchte seine zitternden Hände wieder unter Kontrolle zu bekommen. Der Wildunfall hatte ihn ganz schön aus der Fassung gebracht.

„Uns nicht, aber dem armen Schwein", klagte Afra. Sie öffnete die Autotür und stieg aus.

„Das Schwein ist hin", stellte sie wenig später fest.

Franz, der sich nun auch aus dem Auto gequält hatte, nickte zustimmend.

„Und was machen wir jetzt?" Afra sah ihn fragend an.

„Hm", Franz überlegte.

Nach einer Weile entschied er schließlich, das Wildschwein mit nach Hause zu nehmen. „Dann müssen wir nicht extra zum Metzger und sparen so das Geld fürs Fleisch. Zudem haben wir einen feinen

Wildschweinbraten für Weihnachten."

„Das ist eine gute Idee", stimmte ihm seine Frau zu, ging zum Kofferraum und öffnete ihn.

Franz sah sich noch einmal um, ob sie bei dieser Aktion auch nicht beobachtet wurden. Aber es war niemand weit und breit zu sehen. Die Straße war praktisch autofrei. Deshalb packten sie rasch das Wildschwein und wuchteten es mühsam in den Wagen.

„Die Beule können wir so lassen", erklärte er seiner Frau, als sie wieder im Auto saßen. „Die fällt sowieso keinem auf. Ich habe das Wildschwein fast ganz mit dem Vorderrad erwischt."

Rasch fuhren sie zum Bäcker und kauften dort Brot ein, dann ging es wieder nach Hause.

Während Franz sich das Skispringen anschaute, teilte Afra das Wildschwein in kleine Stücke und verpackte das Fleisch in Tüten zum Einfrieren. Ein großes Stück aber hielt sie zurück, das sollte es gleich zum Abendessen geben.

„Köstlich so ein Wildschwein!" Franz leckte sich über die Lippen. „Der reinste Festtag heute."

„Wildschwein?" Peter schaute seinen Vater überrascht an. „Wo kommt das denn her?"

„Das habe ich eigenhändig erlegt", gestand Franz und lachte.

„Hast du denn ein Gewehr?", fragte der jüngere der beiden Söhne.

„Nein, Paul, mit dem Auto", sagte Franz.

Es vergingen noch keine zwei Tage, da stand die

Polizei bei ihnen vor der Tür.

„Wir haben gehört, dass sie ein Wildschwein überfahren haben", sagte einer der Polizisten.

„Ein Wildschwein? Wie kommen Sie denn darauf?" Franz versuchte die aufsteigende Röte im Gesicht zu unterdrücken, was ihm aber nicht ganz gelang.

„Nun, ihr Sohn hat im Kindergarten damit geprahlt", erklärte der andere Polizist. „Sie wissen hoffentlich, dass viele der Wildschweine hier in der Gegend Tollwut haben."

„Tollwut, daran haben wir überhaupt nicht gedacht." Franz fiel gar nicht auf, dass er sich gerade verplappert hatte.

„Was sollen wir denn jetzt nur machen?" Afra, die neugierig im Flur stand, sah den Polizisten fragend an.

„Auf jeden Fall impfen lassen", empfahl dieser. „Am besten sie kommen gleich mit. So wie ihr Sohn erzählt hat, haben sie alle von dem Schwein gegessen."

Franz wurde bei diesen Worten ganz komisch im Bauch. „Wahrscheinlich habe ich mich schon vergiftet." Er rannte zur Toilette und war für längere Zeit verschwunden.

„Haben sie noch Reste von dem Wildschwein?", hakte der größere Polizist nach.

„Ja, in der Truhe", gestand Afra.

„Das müssen wir mitnehmen", sagte der Polizist.

Afra händigte ihm freiwillig das Fleisch aus.

In der Zwischenzeit war Franz wieder zurückgekehrt,

noch ganz grün im Gesicht.

Die Polizisten nahmen alle mit ins Krankenhaus, wo die ganze Familie gegen Tollwut geimpft wurde.

Eine Strafe für die unerlaubte Wildschweinmitnahme gab es nicht. Die Polizei fand, dass die Familie so schon genug bestraft war.

Und zu Weihnachten gab es nun statt des saftigen Bratens Kartoffelsuppe mit Brot.

Warten

Es war Anfang November, als die Mutter auf die Idee kam, ihre Lieben neu einzukleiden. Hosen und Hemden für ihren Mann wollte sie kaufen und der kleine Fred brauchte dringend neue Schuhe. Die alten waren ihm zu klein geworden. Deshalb nahm sie ihren Sohn mit in die Stadt.

Frühmorgens fuhren die beiden mit dem Bus nach Trier und klapperten dort die Geschäfte ab. Es ging schon auf Mittag zu, als sie endlich zwei Hemden für den Vater fanden.

„Jetzt brauchen wir nur noch eine Hose und Schuhe für dich", erklärte die Mutter.

„Mama, muss das denn sein?", maulte der kleine Fred. „Ich bin schon so müde vom Laufen."

„Wir gehen nur noch in dieses eine Geschäft", versprach die Mutter. „Dann fahren wir wieder nach Hause."

Fred seufzte und stiefelte hinterher.

„Oh, schau dir das einmal an." Die Mutter blieb verwundert im Geschäftseingang stehen. Denn auf einem großen Tisch lagen schon Plätzchen, Dekoartikel und Krippenfiguren für Weihnachten. Das sah so verlockend aus.

„Wie weit soll das noch gehen?" Sie schüttelte den Kopf. „Gleich kann man an Ostern schon Nikoläuse kaufen."

Fred war zu dem Tisch gelaufen, denn er hatte etwas entdeckt. „Schau mal, Mama, die Schafherde würde gut zu unserer Krippe passen. Dann hätte der Hund auch mal was zu tun, denn er muss ja nur zwei Schafe hüten. Kannst du die bitte für mich kaufen?"

„Fred", erwiderte die Mutter. „Dafür ist es noch viel zu früh."

„Aber Mama, später sind die Schafe vielleicht weg. Dann haben andere Leute sie gekauft und ich werde nie so eine schöne große Herde bekommen", befürchtete Fred.

Damit der Junge endlich Ruhe geben sollte, kaufte sie schließlich die Schafherde.

Kaum zu Hause angekommen, packte Fred die Figuren aus und stellte sie in den Schrank. Dort betrachtete er sie jeden Tag. Er holte ihnen sogar frisches, grünes Moos aus dem Wald, damit sie einen weicheren Untergrund zum Stehen hatten.

Lange, meinte er nachdenklich, als er wieder einmal vor seiner Schafherde stand, wird das so nicht mehr gehen. Die Schafe müssen aus dem Schrank und in ihren Stall. Ich werde Mutter bitten, die Krippe aufzustellen.

Schnell rannte er in die Küche, wo die Mutter das Mittagessen zubereitete. „Mama, können wir bitte die Krippe aufstellen? Meine Schafherde braucht unbedingt einen Stall."

„Da musst du leider noch etwas warten, Schatz. Es ist noch nicht Weihnachten", erklärte die Mutter. „Geh hinaus zum Spielen, draußen ist doch so schönes Wetter."

„Warten, warten", maulte Fred. „Immer soll man nur warten. Warten auf den Osterhasen, warten auf den Nikolaus, warten auf das Christkind und auch noch auf den Schnee."

Das passte ihm überhaupt nicht. So beschloss er, zu seiner Oma zu gehen. Bestimmt wusste die einen Rat. Fred fand die Oma im Keller. Sie war gerade dabei, den Adventskranz zu binden. Fred machte große Augen, als er das sah. Denn der Adventskranz stand Weihnachten immer im Wohnzimmer auf dem Tisch.

„Oma", freute sich Fred, „ist morgen etwa Weihnachten?"

Die Oma lachte. „Nein, Fred. Weihnachten ist erst, wenn am Adventskranz alle vier Kerzen brennen. Vierundzwanzig Tage…" Sie sprach noch weiter, aber Fred bekam nichts mehr mit. Er hatte es plötzlich sehr eilig, nach Hause zu laufen.

In der folgenden Nacht wurde die Mutter durch ein Geräusch geweckt. Erschrocken schlug sie die Augen auf und lauschte. Waren da vielleicht Einbrecher? Doch da war nichts mehr zu hören.

Bestimmt streift nur der Wind ums Haus, dachte sie. Beruhigt legte sie sich wieder auf ihr Kissen zurück. Sie wollte die Augen gerade schließen, als ihr ein sonderbarer Geruch in die Nase stieg. Es roch leicht verbrannt.

Meine Güte, dachte sie entsetzt. Es wird doch bei uns nicht brennen!

Mit einem Ruck sprang sie aus dem Bett und rannte aus dem Zimmer. Im Flur roch es noch stärker nach Feuer.

Das kommt aus der guten Stube!, stellte sie fest, lief zur Tür und riss sie auf.

Dann blieb sie erst einmal verblüfft stehen.

Auf dem Tisch stand der Adventskranz und alle vier Kerzen brannten.

Dahinter befand sich die Krippe und um das Christkind war die neue Schafherde versammelt.

Die Mutter rieb sich die Augen, träumte sie etwa noch?

Doch da entdeckte sie ihren kleinen Sohn und ein Lächeln huschte über ihr Gesicht.

Fred lag auf dem Boden und schlief tief und fest.

Tradition

„Oh, schau mal, Kläs, ist das nicht ein toller Baum? Der würde gut in unser Wohnzimmer passen." Julchen ging zu der Tanne und schaute auf das Preisschild. „Und er kostet nur 30 Euro. Das ist doch ein Schnäppchen. Den nehmen wir mit."

„Schön ist der schon", stimmte ihr Kläs zu, „aber du kennst doch unsere Tradition. Bei uns kommt kein gekaufter Baum ins Haus." Er beugte sich zu ihr hinunter, denn Kläs war einen Kopf größer als seine Frau. Dann flüsterte er ihr ins Ohr: „Der Baum muss entwendet werden."

„Deine dumme Tradition", schimpfte Julchen. „Die bringt dich noch ins Gefängnis."

„Das ist keine dumme Tradition", erklärte Kläs. „Sie besteht schon seit mehr als 100 Jahren und es kam noch niemand ins Gefängnis. Denn wer einen echten Buar erwischt, der muss erst noch geboren werden. Ich organisiere uns gleich morgen einen Baum. Mindestens, wenn nicht noch schöner als dieser hier. Und der Franz kommt mit, der ist jetzt alt genug, um in unsere Tradition eingeführt zu werden."

„Was?", entrüstete sich Julchen, „du willst unseren Jungen zum Klauen mitnehmen? Nein, das kommt überhaupt nicht in Frage!"

„Keine Angst, Julchen", meinte Kläs. „Sonntags ist sowieso niemand im Wald. Da sitzt der Förster lieber geruhsam in seinem Sessel. Da haben wir freie Bahn."

Julchen seufzte. Denn sie wusste, was Kläs sich einmal in den Kopf gesetzt hatte, das war fast unmöglich, ihm wieder auszutreiben.

Am nächsten Tag, es ging schon auf den späten Nachmittag zu, machten sich Kläs und Franz auf den Weg in den nahegelegenen Wald. Sie hatten eine Axt, eine Säge und ein langes Seil dabei.

Julchen stand am Fenster und schaute ihnen hinterher. Ihr war alles andere als wohl bei Kläs' Tradition.

Es war schon dunkel, als die beiden endlich zurückkamen. Julchen hatte fast die ganze Zeit am Fenster verbracht und auf sie gewartet. Als sie die beiden entdeckte, lief sie überglücklich die Treppe hinunter und öffnete ihnen die Tür.

„Bin ich froh, dass ihr wieder da seid", sagte sie. Dann fiel der Blick auf den Baum, den Kläs und Franz auf ihren Schultern schleppten. „Oh, die Tanne ist wunderschön. Hat euch auch niemand beim Baumschlagen gesehen?" Julchen sah ihren Mann fragend an.

Doch der meinte nur: „Steh uns hier nicht im Weg, geh aus den Füßen!"

Anschließend eilten die beiden wortlos an ihr vorbei. Julchen schaute ihnen verwundert und leicht verärgert nach.

Da stimmt doch etwas nicht, dachte sie. Der Sache muss ich auf den Grund gehen. Schnell lief sie hinterher.

Kläs und Franz hatten die Tanne gerade an der Kellerwand abgestellt, als Julchen bei ihnen eintraf. Als sie den Baum genau betrachtete, fiel ihr plötzlich ein kleines Zettelchen auf, das oben an der Spitze befestigt war. Sie ging näher heran und las laut vor, was darauf stand: „60 Euro".

„Was ist das denn?" Julchen warf Kläs einen fragenden Blick zu.

„Was ist was?", hakte Kläs mürrisch nach.

„Da hängt doch ein Preisschild am Baum", entgegnete Julchen.

„Ach der Zettel? Den hat der Wind bestimmt an den Baum geweht", versuchte Kläs ihr glaubhaft zu machen.

„Dann ist der Baum wirklich geklaut?" Julchen hatte da so ihre Zweifel.

„Natürlich!", bestätigte Franz. „Aber wäre Papa schneller gelaufen, dann hätte der Förster uns nicht erwischt. Und wir hätten ihm keine 60 Euro für den Baum zahlen müssen."

Julchen konnte sich das Lachen nicht verkneifen.

„Dann hat das mit deiner Tradition nun ein jähes Ende gefunden."

Das allerschönste Weihnachtsgeschenk

Weihnachten stand wieder einmal vor der Tür. Und Maria fehlte immer noch ein Geschenk für ihren Vater. Sie hatte sich schon den Kopf darüber zerbrochen. Aber sie wusste einfach nicht, was sie ihm schenken konnte.

„Kauf ihm doch einfach Tabak für seine Pfeife", meinte ihre Freundin. „Das bekommt mein Vater auch immer zu Weihnachten."

„Was soll er denn damit?" Maria schaute die Freundin verblüfft an. „Mein Vater hat keine Pfeife, also braucht er auch keinen Tabak. Ich könnte ihm höchstens Zigaretten besorgen, aber die bekommt er immer von meiner großen Schwester."

„Dann weiß ich auch nichts mehr. Frag ihn doch einfach, was er sich wünscht."

„Nein, dann ist es ja keine Überraschung mehr", sagte Maria.

Am nächsten Tag fragte sie ihre Mutter um Rat. Aber die wusste auch nichts. „Spar dein Geld", meinte sie nur.

Aber so ganz ohne ein Geschenk wollte Maria an Weihnachten doch nicht zu ihm gehen. Zumal sie für ihre Mutter auch schon etwas gekauft hatte. Da ihr Mann Alfons am nächsten Tag sowieso nach Trier musste, gab sie ihm den Auftrag, ein Weihnachtsgeschenk für ihren Vater zu kaufen.

„Was soll ich ihm denn mitbringen?", wollte Alfons wissen.

„Ich weiß dieses Jahr überhaupt nicht, was ich Vater schenken kann", sagte Maria. „Vielleicht siehst du ja etwas in einem Geschäft, was ihm gefallen könnte."

Alfons seufzte. „Ich werde sehen, was sich machen lässt."

In Trier angekommen, machte er erst einmal seine Erledigungen, anschließend schaute er sich bei Hägin (heute Kaufhof) nach einem passenden Geschenk um. Aber das war gar nicht so einfach. Er hatte an eine Arbeitshose für seinen Schwiegervater gedacht, doch die war zu teuer. Die Hemden schienen ihm nicht schön genug und Strümpfe strickte ihm Maria selbst. Alfons wollte schon aufgeben, als er einen Tisch ganz hinten in der Ecke entdeckte.

Ja, das war es! Das war das beste Weihnachtsgeschenk für seinen Schwiegervater. Es hielt schön warm und hatte als Markenzeichen das Wort Ägypten eingenäht. Freudig schnappte er sich das Teil und ging damit zur Kasse.

„Und hast du etwas für Vater bekommen?", wurde er schon im Flur von Maria begrüßt.

„Natürlich!", sagte Alfons und betrat die Küche. Maria konnte es kaum erwarten bis er die Tüte mit dem Weihnachtsgeschenk aus seiner Einkaufstasche zog. Schnell öffnete sie die Tasche und schaute hinein. „Was ist das denn?" Maria machte ein entsetztes Gesicht.

„Gefällt es dir etwa nicht?" Alfons war enttäuscht. „Dann musst du eben das nächste Mal selbst einkaufen gehen." Er hockte sich beleidigt auf den Stuhl.

„So war das doch nicht gemeint", versuchte Maria die Sache zu beschwichtigen. „Es ist eben ein etwas außergewöhnliches Geschenk für Weihnachten."

„Du wirst sehen, Matz wird es gefallen", behauptete Alfons.

Maria war sich da nicht so sicher.

Den Heiligen Abend verbrachte Maria mit ihrem Mann und ihrer kleinen Tochter. Am nächsten Tag gingen sie gemeinsam zu ihren Eltern, um ihnen ein frohes Fest zu wünschen und die Geschenke zu bringen.

Alfons hatte Recht. Marias Vater freute sich riesig über ihr Geschenk.

Zwei Tage später, erfuhr Maria von ihrer Mutter, dass er es gleich angezogen hatte und damit ins Dorf gegangen war.

„Stell dir vor, ich war heute Morgen im Dorf. Dort habe ich ein Gespräch zwischen deinem Vater und seinem Bruder Nikla mitgehört. Nikla erzählte, dass er neue Socken geschenkt bekam. Und dann hat er deinen Vater gefragt, was das Christkind ihm gebracht hat. Und weißt du, was der geantwortet hat? „Ich habe etwas ganz Tolles bekommen. Das schönste Weihnachtsgeschenk überhaupt. Eine warme, mollige Unterhose aus Ägypten!"

Der geplagte Vater

Matz schaute zum Fenster hinaus.

Hört denn dieser Schneefall niemals auf, dachte er genervt. Ich wollte doch heute in den Wald gehen, um den Christbaum zu schlagen. Es wird höchste Zeit, übermorgen ist schon Heiligabend. Er trank noch rasch einen Schluck aus seiner Kaffeetasse. Anschließend stand er auf und zog seine Winterklamotten an. Dann ging er in die Scheune. Als er wenig später mit dem großen Schlitten, einer Axt, einer Säge und Seil vor das Haus kam, stand seine Frau in der Tür.

„Matz, wo willst du denn bei diesem Wetter noch hin?", fragte sie ihn.

„Meinst du das bisschen Schnee?" Matz grinste. „Das macht mir nichts aus. Ich will uns nur noch schnell einen Tannenbaum aus dem Wald holen. Es dauert nicht lange."

„Oh, Papa, du willst den Weihnachtsbaum schlagen?" Häns tauchte in der Tür auf. „Da komme ich mit!"

Bevor Matz etwas sagen konnte, war Häns schon im Haus verschwunden. Gleich darauf kam er, in dicke Winterkleidung gehüllt, wieder zurück.

„Mutter!" Da standen plötzlich Walter und Erich auf der Schwelle. Häns hatte seinen kleinen Brüdern wohl verraten, dass er mit zum Weihnachtsbaumschlagen durfte. „Wenn Häns mitdarf, dann dürfen wir doch auch mit!", bettelten die beiden.

Da Jen ihnen schlecht einen Wunsch abschlagen konnte, stimmte sie zu: „Natürlich dürft ihr mit. Aber zieht euch vorher noch wärmere Kleidung und Stiefel an."

Matz verzog mürrisch das Gesicht.

Schnell waren die beiden wieder zurück und hockten sich zu Häns auf den großen Schlitten.

„Pass mir gut auf unsere Buben auf", gab Jen ihrem Mann noch mit auf den Weg. Dann setzte sich der Schlitten in Bewegung und fuhr die schneebedeckte Straße herunter.

Es war schon stockdunkle Nacht, als Matz mit den Jungen zu Hause ankam.

„Meine Güte, wo wart ihr denn so lange? Ich hab mir schon Sorgen gemacht. Hätte ich die Kinder doch nur daheim behalten", sagte Jen, die schon vor der Tür auf sie gewartet hatte.

„Das fällt dir aber sehr früh ein", maulte Matz. Er schaute ganz wütend drein.

„Dein Erich", erzählte er nun, „ist nicht auf dem Schlitten sitzen geblieben. Und als wir zum Wald kamen, da rannte Häns davon. Als mir das auffiel, bin ich ihn sofort suchen gegangen. In dem verschneiten Wald war das aber gar nicht so einfach! Er war einem Reh gefolgt, das er entdeckt hatte. War ich froh, als ich ihn gefunden hatte. Zu allem Übel waren dann, als wir wieder beim Schlitten ankamen, deine Bübchen fort. Häns und ich haben sie nach langer Suche unten am Kernscheider Bach gefunden. Zum Glück, kann ich nur sagen, kamen wir noch früh genug. Denn Erich hatte gerade einen Fuß auf das dünne Eis gesetzt! Ich habe es schon krachen gehört, als ich ihn dort herunterzog und noch schnell aufs sichere Ufer befördern konnte. Dabei ist das blöde Eis natürlich gebrochen und ich stand mit einem Fuß im Wasser. Mann, war das vielleicht kalt! Ich glaube, mein Fuß ist erfroren. Den spüre ich gar nicht mehr." Matz blickte auf den mit Eis und Schnee bedeckten Stiefel. „Und dann brachte ich die Buben zum Schlitten und nichts wie ab nach Hause. Eins, das kann ich dir sagen, Jen. Nächstes Jahr gehe ich wieder alleine den Baum schlagen."

„Welchen Baum?" Sie schaute ihren Mann fragend an. „Wo hast du den denn gelassen?"

„Oh, den habe ich ganz vergessen. Der liegt noch im Wald und da kann er von mir aus auch bleiben." Matz spazierte an ihr vorbei ins Haus. Er hatte die Nase voll von Bäumen und wollte nur noch ins Warme.

Jen gab ihren Weihnachtsbaum schon verloren. Aber Matz' Ärger über Jen und die Buben war rasch verschwunden und an Heiligabend stand ein wunderschön geschmückter Baum in der Stube.

Der Tollpatsch

Zwei Tage vor Heiligabend meinte Susi zu ihrem Mann: „Wie wäre es, wenn wir den Baum dieses Jahr früher schmücken? Dann haben wir am Heiligen Abend nicht so einen Stress und können es uns gemütlich machen."

„Das ist eine gute Idee", fand Eugen, ließ sich in den Sessel fallen und schnappte sich die Fernbedienung.

„Eigentlich meinte ich damit", sagte Susi, „dass du den Baum aus dem Keller holen sollst. Um den Karton mit den Weihnachtskugeln werde ich mich selbst kümmern."

„Heute?" Eugen hatte keine Lust dazu. „Machen wir das doch morgen. Ich möchte mir die Sportreportage im Fernsehen anschauen. Das wird sehr spannend. Die deutschen Skispringer liegen bereits an der Spitze der Tabelle und jetzt…"

„Na gut", unterbrach ihn Susi und seufzte. „Stellen wir den Baum eben morgen auf."

Am nächsten Tag holte Eugen schon sehr früh die Weihnachtstanne aus dem Keller und brachte sie ins Wohnzimmer. Da der Stamm, wie jedes Jahr, für den kleinen Weihnachtsbaumständer zu groß war, brauchte er einige Zeit, bis der Baum richtig fest und gerade stand.

„Sieht doch ganz gut aus", meinte Susi, als sie aus der Küche ins Wohnzimmer trat. Sie drehte den Kopf hin und her. „Könnte nur noch ein kleines Stück nach rechts. Dann steht er perfekt."

Eugen rollte mit den Augen, aber er tat, was seine Frau wollte. Er wusste, sonst würde er die ganze Weihnachtszeit zu hören bekommen, dass sie einen schiefen Baum hätten.

„Ja, das ist gut!", lobte sie ihn. „Jetzt können wir essen."

„Soll ich dir mit dem Karton helfen?", bot Eugen nach dem Essen an.

„Nein", erwiderte Susi. „Das mache ich lieber selbst. Nicht, dass du mir die schönen Kugeln noch zerbrichst."

„Na gut, dann nicht", meinte Eugen mürrisch. Er ging ins Wohnzimmer und machte seine wohlverdiente Mittagspause. Plötzlich rissen ihn lautes Scheppern und dann das Schimpfen seiner Frau aus dem Schlaf.

„Was ist denn passiert?" Eugen sprang auf und lief in den Flur, dorthin, wo er den Krach vermutete. Aber hier war nichts zu sehen.

„So ein Mist!", hörte er seine Frau schließlich oben auf dem Speicher toben. „Diese blöde Treppe!"

Als Eugen nach oben kam, sah er die Bescherung. Susi stand auf der Dachbodentreppe. Sie hatte zwar noch den Weihnachtskarton in der Hand, doch er war ihr wohl verrutscht. Dabei waren fast alle Kugeln herausgefallen. Diese lagen nun zerbrochen auf dem Boden.

Eugen schüttelte den Kopf. „Ich hatte dir doch meine Hilfe angeboten! Hätte ich die Kugeln vom Speicher heruntergeholt, wären sie jetzt noch heil. Du bist ein richtiger Tollpatsch! Du weißt doch, dass die Dachbodentreppe sehr eng ist und man vorsichtig sein muss."

„Ja, ja", sagte Susi zerknirscht. „Ich weiß."

„Dann werde ich wohl jetzt nicht nur Wein, sondern auch noch neue Weihnachtskugeln kaufen müssen." Eugen seufzte. Denn er hatte eigentlich nicht vorgehabt, sich heute ins Weihnachtsgetümmel zu stürzen und die überfüllten Kaufhäuser zu besuchen. Den Wein kaufte er ja immer in einer Weinhandlung außerhalb der Stadt.

„Das wäre schön", meinte Susi kleinlaut. „Aber sei vorsichtig, sonst…"

„Ich heiße doch nicht Susi", entgegnete Eugen entrüstet. Anschließend marschierte er unter den wütenden Blicken seiner Frau wieder nach unten.

Während Susi die Kugelscherben zusammenfegte, machte sich Eugen auf den Weg in die Stadt.

Am späten Abend kam er endlich wieder nach Hause.

„Du warst aber lange weg", empfing ihn Susi.

„Das mit dem Wein hat doch länger gedauert, als ich dachte", entgegnete Eugen.

„Hast du an die Weihnachtskugeln gedacht?", hakte Susi nach.

„Natürlich, der Karton steht unten im Auto. Ich habe bunte Glaskugeln gekauft. Sie waren zwar nicht billig, sind dafür aber wunderschön", erwiderte Eugen.

103

„Dann werde ich den Karton gleich holen. Bin mal gespannt, wie die Kugeln ausschauen." Susi machte sich auf den Weg zum Auto.

Neugierig öffnete sie den Kofferraum, doch da waren keine Kugeln.

„Sie sind hinter dem Rücksitz", sagte Eugen. Er war ihr gefolgt, um den Wein ins Haus zu bringen.

Eugen machte die hintere Wagentür auf und bekam einen Schreck. Die Weinkiste war vom Rücksitz gerutscht. Das war bestimmt passiert, als er beim Einbiegen zu schnell um die Kurve gefahren war.

Hoffentlich ist den Kugeln nichts geschehen, dachte er entsetzt und griff zu der Kiste mit dem Wein.

„Wo sind denn nun die Kugeln?" Susi stand hinter ihm.

„Die, die sind hier." Eugen stellte die Weinkiste ab und tastete nach dem Karton mit den Weihnachtskugeln. Als er ihn hochhob, wusste er gleich, dass damit etwas nicht stimmte. Denn er vernahm ein leises Klirren.

„Das hört sich aber nicht gut an." Susi hatte es auch mitbekommen. Sie riss den Karton, den Eugen vor ihr abgestellt hatte, auf. „Oh, je, die schönen Kugeln. Nicht eine davon ist heil geblieben."

„Daran ist nur die Weinkiste schuld. Die ist vom Sitz heruntergerutscht", meinte er kleinlaut.

„Aha", sagte Susi nur. „Dann gibt es wohl noch einen Tollpatsch hier bei uns."

An Heiligabend fuhren nun beide in die Stadt, um neue Weihnachtskugeln zu kaufen. Aber dieses Mal

gingen sie auf Nummer sicher. So hingen am
Weihnachtsabend nur Plastikkugeln am Baum.

Dä Weihnachtsälla

Der Weihnachtsteller

„Mama, ass dä Pabba schohnn dahäm?"

„Mutter, ist der Papa schon daheim?"

„Nä", säd dä Motda, „ma säin noch allän."

„Nein", sagte die Mutter, „wir sind noch allein."

„Äwa wänn dänn Niklös köhmd, ass änn doch hei?"

„Aber wenn der Nikolaus kommt, dann ist er doch hier?"

„Nä, dä muss langa schaffänn ähh wei."

„Nein, er muss jetzt länger arbeiten in Trier."

„Die anna Pabban mössänn nie amm Niklös-dahch schaffä gön!"

„Die anderen Papas müssen nie am Nikolaustag arbeiten gehen!"

Ätt Resemie konnd datt nött vastön.

Resemie konnte dies nicht verstehen.

Datt ämm Mädschi säi Vatda dänn Niklös ann Ährsch woa,

Dass der Vater in Irsch den Nikolaus machte,

hätt ätt vill speeda ehscht ahh foa.

man ihr erst viele Jahre später beibrachte.

„Kohmm wei flott,

„Jetzt komm doch,

soss ass dänn Niklös schohh fott."

sonst verpassen wir den Nikolaus noch."

Jed Joa säin die Zwä bei dä Oma gang.

Jedes Jahr sind die beiden zur Oma gegangen,

Do hätt ätt Mädschi du säi Geschänk ämmfang.
dort hat das Mädchen dann sein Geschenk empfangen.

Ohh weil ätt Resemie dä Vatda amm Niklösdahch nött sieht,
Und weil Resemie den Vater am Nikolaustag nicht sah,
hätt ätt ömma ähh ganz vohllänn Tälla kriet.
stand immer ein übervoller Teller da.
Nöss, Äpäll ohh Plätzja lein do drohff parat,
Nüsse, Äpfel und eine Plätzchenparade,
Autdoschja, Sternschja, Schiaränn ohh Männschja ous Schogolad.
Autos, Sterne, Scheren und Männchen aus Schokolade.

Datt Schogoladänngeschia woa ömma ähh sö scheen,
Die Schokoladensachen waren immer so schön anzusehen,
do wold ätt Mädschi nött gäa drä gehn.
deshalb wollte sie auch nichts davon naschen gehen.
Datt hatt sö scheen bunt ousgesiehn,
Rot, gelb, grün und rund,
röd, gäll, blo woa ätt ohnn ohch grien.
blau und lila oder ganz bunt.

Möl hätt ätt vömm Männschi gäas ähh klä Stek,
Mal aß Resemie vom Männchen ein Stück,
dä Rässt lähscht ätt ähhgäwekällt zärek.
legte den Rest eingewickelt aber wieder zurück.
Nua ab ohnn zu gäd ätt ann dänn Tälla dränn,
Sie ging nur ab und zu an die leckeren Sachen dran,

äwa trotzdämm ass ätt ömma wenija gänn.

aber trotzdem wurde es immer weniger dann.

Ätt Resemie wonnat säisch: „Wie kann datt lo gönn?"

Resemie wunderte sich: „Wie kann das nur gehen?"

Ätt kond datt einfach nött vastön.

Sie konnte das einfach nicht verstehen.

Kurz fia Weihnachdänn woa näist mee do drohff.

Kurz vor Weihnachten war auf dem Teller nichts mehr drauf.

„Ätt Chröstkinnschi", säd dä Motda, „föllt dänn nomöl ohff."

„Das Christkind", meinte die Mutter, „füllt ihn wieder auf."

Ohh wörklisch, önnam Bom städ änn Tälla, wie dohll,

Und wirklich, unter dem Tannenbaum, wie toll,

matt Plätzjan ohnn Schogoladänngeschia ganz vohll.

stand ein Teller mit Plätzchen und Schokoladensachen voll.

Ätt Resemie koukt ohff dänn Tälla drohff,

Resemie schaute auf den Teller drauf,

du fällt himm doch do ohff ämöl ohff.

da fiel ihr doch auf einmal was auf.

„Mama, dämm Männschi hei fähld ähh Stek vömm Ärm."

„Mutter, dem Männchen fehlt ja ein Stück vom Arm."

Da Motda göd ätt ohff ämöl ganz wärm.
Der Mutter wurde auf einmal ganz warm.

Damatt ätt Mädschi nött sö vill Schogolad äaßä sohll
Damit ihr Mädchen nicht zu viel naschen sollte, nahm sie munter,

hatt sä hämlisch ömma äppäs vömm Tälla gehohll.
heimlich immer etwas von dem Teller herunter.

Ohnn datt ahh Weihnachdänn dann nomöl drohff gelöhscht.
Weihnachten kam das dann wieder drauf,

Wei hatt ätt Mädschi sä scheen ann dä Brädullisch gebröhscht.
aber nun flog wohl leider ihr Spielchen auf.

„Oh", mänt säh du. „Do dörfs dä däisch nött drä stiaränn.
„Oh", meinte sie, „das braucht dich nicht zu schockieren.

Ätt Chröskinschi muss jo ohch möl ätt Geschia probiaränn."
Das Christkind muss ja auch mal die Sachen probieren."

Eine peinliche Verwechslung

„Hallo! Tag, Andrea, gut, dass ich dich treffe. Du hast ja immer die besten Ideen. Ich muss Weihnachtseinkäufe machen und habe keine Ahnung, was ich meiner Oma schenken soll." Elli schaute ihre Freundin fragend an.

„Da kann ich dir leider auch nicht helfen. Mit dem Geschenk für meine Oma letztes Weihnachten habe ich mich ganz schön blamiert. Und daran bist du nicht ganz unschuldig", winkte Andrea ab.

„Wie das denn?", hakte Elli nach. „Erzähl mal."

„Das war so." Andrea räusperte sich. „Mir ging es letztes Jahr genauso wie dir heute. Ich wusste auch nicht so recht, was ich meinen Lieben schenken sollte. Süßigkeiten fielen flach, denn da meckerten sie immer, dass sie davon zu dick würden. Dekoartikel hatten sie schon genug. Bücher, damit konnte man ihnen auch keine Freunde machen. Denn sie fanden keine Zeit zum Lesen, wie sie sagten. Also blieb zum Schluss nur noch etwas zum Anziehen. So machte ich mich auf den Weg nach Trier und betrat das erstbeste größere Geschäft. Ich sah gleich ein, dass das mit den Klamotten keine so gute Idee war. Die Sachen waren ziemlich teuer für meine Verhältnisse. So spazierte ich weiter durch die Stadt und fand schließlich ein Geschäft, welches mit starken Reduzierungen warb. Da gehst du mal rein, dachte ich und betrat den Laden. Erst jetzt sah ich, dass es ein Wäschegeschäft war. Aber egal, dann gab es dieses Weihnachten eben Unterwäsche. Die konnte man immer gut gebrauchen. Gleich fand ich auch schon eine schöne, warme Unterhose mit Bein. Das ist genau das Passende für Oma, dachte ich. Zudem war sie um die Hälfte im Preis gesenkt. Für meine Schwester Luise ergatterte ich einen wunderschönen Spitzentanga. Zum Schluss kaufte ich noch zwei Slips für meine Mutter und zwei Boxershorts für meinen Vater. Natürlich alles reduziert."

„Das war doch ein guter Einkauf", meinte Elli. „Wieso hast du dich denn dabei blamiert?"

„Warte ab", sagte Andrea nur.

„Anschließend kaufte ich noch Geschenkanhänger und eine Rolle Geschenkpapier. Dann fuhr ich zufrieden nach Hause. Gleich nach dem Essen wollte ich die Geschenke verpacken. Vorsorglich, damit ich nur ja nichts vertauschte, beschriftete ich vorher schon die Anhänger mit Namen und legte sie auf dem Tisch ab. Jetzt machte ich mich ans Einpacken. Zwei Geschenke waren schon fertig, nun musste ich nur noch die letzten beiden verpacken. Das war auch rasch geschehen. Ich wollte gerade die Anhänger darauf befestigen, als mein Handy klingelte. Deshalb legte ich die Namensschilder auf dem Tisch ab und ging ans Handy."

„Wer war denn dran?", fragte Elli neugierig.

„Na wer schon? Du natürlich", sagte Andrea.

„Und was wollte ich?", hakte Elli nach.

„Weißt du das denn nicht mehr? Du wolltest Spritzgebäck backen und dafür mein Rezept haben", erklärte Andrea.

„Ach ja, stimmt. Dein Spritzgebäck ist doch immer so schön knusprig. Meins jetzt übrigens auch", behauptete Elli.

Andrea schüttelte den Kopf. „Kein Wunder, mit meinem Rezept."

„Nun erzähl weiter", bat Elli.

„Also, nach unserem Gespräch befestigte ich die Geschenkanhänger an den beiden Päckchen und legte sie erst einmal in meine große Kommode. Dort blieben sie bis Heiligabend. Ich war schon ganz aufgeregt, was meine Lieben zu ihren Geschenken sagen würden. Nach dem köstlichen Weihnachtsbraten versammelten wir uns alle im Wohnzimmer, um die Geschenke auszupacken. Gespannt schaute ich meinen Lieben dabei zu, wie sie ihre Päckchen öffneten. Dann kamen endlich meine Geschenke an die Reihe. Luise hatte ihr Päckchen zuerst aufgerissen und machte ein enttäuschtes Gesicht.

Nanu, dachte ich, sie ist doch sonst von Spitzenhöschen immer so begeistert. Gefällt ihr die Farbe etwa nicht? Da sah ich die Bescherung. Ich musste wohl die Geschenkanhänger vertauscht haben. Jedenfalls hatte Luise nun die Unterhose für Oma in der Hand. Mir wurde ganz flau im Magen und ich bekam einen knallroten Kopf. Was, wenn Oma nun Luises Päckchen bekommen hatte?

Lass es mich bitte mit dem meiner Mutter vertauscht haben, schickte ich ein Stoßgebet zum Himmel. Genau in dem Moment stieß meine Oma einen Freudenschrei aus: „Oh, ist das schön! So eine breite Spitze für unter meine Jacke (Bluseneinsatz) habe ich mir schon immer gewünscht. Wenn meine Freundin das sieht, wird sie platzen vor Neid."

Chröstdahch, wie mein Motda noch klän woa
Weihnachten, als meine Mutter noch klein war

Chröstdahch via villä Joaränn,
Weihnachten vor vielen Jahren,
wie mia noch klä Mädschja woaränn,
als wir noch kleine Mädchen waren,
hat ma via groß Geschänka kä Gäld,
hatte man für große Geschenke kein Geld,
woa äwa zähhfriddänn matt säisch ohnn da Wällt:
war aber zufrieden mit sich und der Welt:

Wohchälang hätt dä Motda fiad Chröstkinnschi gestrekt,
Wochenlang hat die Mutter für das Christkind gestrickt,
wold ma lunnzänn, ass sä sia zua Säit gerekt.
rückte schnell zur Seite, wenn wir gespickt.
Dä Wohll, die hat sä an da Stad ahhstann,
Die Wolle dafür musste sie erst kaufen,
dohinn ass sä pärr Pedäss du gang.
zu Fuß war sie deshalb bis nach Trier gelaufen.

Dä Bom hätt dä Vatda amm Waal geschlön,
Den Baum hatte der Vater im Wald geschlagen,
do dorfdänn mia Kanna dann ohch schohh mattgön.
den durften wir Kinder nach Hause tragen.
Woa dä Bom an da Scheija gedreknätt dann,
Erst musste der Baum ganz trocken sein,

114

hätt änn zohcks an da guda Stuff gestann.
dann kam er in die gute Stube hinein.

Die woa biss Chröstdahch zugespiat,
Die war bis zum Weihnachtsabend zu,
**ohnn do dränn hä mia ätt Chröstkinnschi
gehiat.**
so hatte das Christkind vor uns seine Ruh'.
**Hannamm Schlössäll-Lohch hätt ma ald änn
Engels-Flijällschi gesiehn,**
Oft blieben wir vor dem Schlüsselloch stehen,
dorsch ätt Fönsda an dä Stuff ähh rähh fliehn.
und glaubten, dahinter die Engel zu sehen.

Dä Vuawötz, die hätt änänn ohft geplocht,
Die Neugierde hat uns schon sehr geplagt,
**äwa känänn hätt säisch an dä gut Stuff
gewohcht.**
aber keiner hat sich in die Stube gewagt.
**Ma dörf dä Engelschja jo beim Bom
schmehckänn nött stiaränn,**
Man durfte ja die Engelchen beim Baumschmücken
nicht stören,
**soss hättänn die noch ohff gehiat, daad wold
kännänn rässgiaränn.**
sonst würde man von ihnen nie wieder was hören.

**Dä Plätzja hätt us Motda ehscht korz via
Chröstdahch gebak,**
Mit dem Backen fing die Mutter kurz vor

115

Weihnachten an,

**Specklazius, Schmand- ohh Sprötzgebäck,
datt hätt läcka geschmahk.**

Spekulatius, Schmand- und Spritzgebäck machte sie
dann.

**Dä Plätzja hätt dä Motda ömma ahh Sischahäd
gebröhscht**

Und damit man die Plätzchen nicht schon vorher
entdeckt,

**ohnn an änn ousrangschiat Mölschkann
gelöhscht.**

wurden sie sicherheitshalber in der ausrangierten
Kanne versteckt.

**Äwa korz via Chröstdahch woa die Kann
ömma half lia,**

Aber immer kurz vor Weihnachten war die Kanne
halb leer,

**ohnn dä Motda, watt hätt die du geduuft
hanna da Dia.**

die Mutter verstand die Welt nicht mehr:

**„Datt kann doch nött säin, so äppäss kann ätt
doch nött gänn."**

„Das kann doch nicht sein, schau dir das mal an."

**Dä Vatda grinst nua: „Do woaränn dä Meiss
wöhll dränn."**

Der Vater grinste nur: „Da waren wohl die Mäuse
dran."

**Endlich woa hällisch Omänd, watt woa datt
scheen,**

Endlich brach Heiligabend an,

116

nua ämöl musst ma wei noch schlofä gehn.
nur einmal noch schlafen, hieß es dann.
Äwa datt woa läischda gesöt wie gemaach,
Aber so leicht sollte das heute nicht sein,
ma hätt zwa amm Bät gelän, äwa ma woa hällwaach.
man lag zwar im Bett, aber man schlief nicht ein.

Dä Nöhscht woa noch nött ganz ähhrohmm,
Vorbei war noch nicht ganz die Nacht,
du ass dä Vatda us rufä kohmm.
da hatte uns der Vater schon wach gemacht.
„Ätt Chröstkinnschi woa do, kohmmt sia ähh rof!"
„Das Christkind war da, kommt schnell herunter!"
Amm Nöhtzhimpschi säi ma rohnna gelof.
Im Nachthemd stürmten wir die Treppe hinunter.

Dä Stuffdia woa ohff, dä Bom geschmekt,
Hinter der offenen Tür war der Christbaum drapiert,
da hat dä ma us wöhll, doch gut geschehckt.
da hatte sich unser Bravsein wohl doch noch rentiert.
Matt rödä Bähckällschja hä ma davia gestann,
Mit roten Wagen standen wir da,
geschmohnnst wie ähh Botzäma, dä Auänn säin us iwa gang.
konnten kaum glauben, was man dort sah.

Lamätta ohh wäis Kurällänn hänn ohmm Bom gehuckt,
Mit Lametta und weißen Kugeln war er geschmückt,
do zwöschänn hä Kiazänn ähh rous gekuckt.
117

dazwischen mit brennenden Kerzen bestückt.

Ohnn ähh klän Kröhppschi hätt do dröhnna gestann,

Eine kleine Krippe stand darunter dann,

mamm Chröstkinnschi, da Motda Gödäss ohnn hiarämm Mann.

mit dem Christkind, der Muttergottes und ihrem Mann.

Ohmm Döhsch, do woaränn us Tällan zä siehn,

Auf dem Tisch hatten unsere Teller Platz genommen,

äwa die dorfdä ma vill speda ehscht krien.

aber die sollten wir erst viel später bekommen.

Wei säi ma nämlisch ehscht fäin gemaach gänn,

Nun wurden wir nämlich alle fein gemacht,

weil dä Chröst-Mätdänn, die fänckänn gläisch änn.

dann ging es zur Christmette, durch die Nacht.

All Leit hänn säisch an da Körsch getrof,

Alle Leute fanden sich heute in der Kirche ein,

ous Fölsch, Hockwälla ohh Käanisch komänn sä gelof.

aus Filsch, Hockweiler und Kernscheid kamen sie herein.

Dä Körsch woa sö vohll, sä hätt säisch baal gehowänn,

Die Kirche war so voll, sie hat sich fast gehoben,

biss ganz viaränn an dä Ganck, hänn dä Leit säisch geschohwänn.

bis ganz vorne in den Flur, hatten sich die Leute geschoben.

No da Mass hätt ätt dann dä Kaffi gänn,

Nach der Messe fand man sich erst einmal zum Kaffeetrinken ein,

ehscht wei dorft ma nomöl an dä gut Stuff äränn.

danach durften wir endlich in die gute Stube hinein.

Us Tällan woaränn all gläisch geföllt,

Auf unseren Tellern war immer gleich viel drauf,

weil dä Motda ahh Chröstdahch Sträit nött wöhllt.

die Mutter hasste nämlich Streit, so kam keiner auf.

Plätzja, Nöss, änn Apäll ohnn änn Bia,

Plätzchen, Nüsse, einen Apfel und eine Birne haben wir bekommen,

jedänn gräift änn Tälla sia.

jeder hatte sich schnell einen Teller genommen.

Popäklädschja, Schals odda Strömpp, ma woa ganz vazehckt,

Puppenkleidchen, Schals oder Strümpfe hat man noch erspäht,

dofia hat dä Motda nöhtz wöhll genet ohh gestrekt.

dafür hatte die Mutter nachts gestrickt und genäht.

Nua fia usänn Häns hätt wie jed Joa dann,

Nur für unseren Häns hat, was wir ganz toll fanden,

ätt Spillschi önnamm Bom gestann.

auch ein Spiel unter dem Christbaum gestanden.

Ohh weil dänn ohch näist dagejän hat,

Und weil er nichts vom alleine Spielen hielt,

hä ma dann all gespillt do matt.

haben wir dann alle damit gespielt.

Nomöttäss säi ma all an dä Väasba gang,

Nachmittags sind wir alle zur Vesper gegangen,

mäsdänns hätt ätt dann ohch noch zä schneejänn ähhgefang.

meist hat es dann auch noch zu schneien angefangen.

Do no woaränn mia Kanna schohh mied,

Danach fielen uns dann müde die Augen zu,

ohnn hänn gläisch drohff ätt Bättschi gehiet.

wir gingen nach oben und legten uns zur Ruh.

Zäfriddänn ass ma ähhgeschlof, ohh manchmöl amm Trom

Zufrieden schliefen wir ein, und manchmal im Traum

woa ma önnänn an da Stuff bei da Kröhpp ohh beim Bom.

waren wir unten in der Stube bei der Krippe und dem Baum.

Frohe Weihnachten